John Sykes

Truly Criminal
Wahrhaft kriminell

Miss Marple, Hercule Poirot und Sherlock Holmes zählen zu den berühmtesten fiktionalen Ermittlern weltweit. Aber vielleicht ist es kein Zufall, dass gerade englische Autoren beim Schreiben von Krimis derart brillieren? Denn in der Geschichte des Landes häufen sich spektakuläre Verbrechen geradezu: Nicht nur der ominöse Jack the Ripper trieb sein Unwesen auf der Insel, sondern auch Schmuggler, Hexen, Gangster-Zwillinge und Giftmischerinnen. Abwechslungsreich, unterhaltsam und informativ erzählt John Sykes die kriminelle Vergangenheit des Königreichs, vom Mittelalter bis zur Gegenwart, und nimmt dabei jene Fälle und Personen ins Visier, die im eigenen Land zu Legenden geworden sind.

John Sykes, geboren in Nordengland, studierte Geschichte in Oxford. Bevor er nach Köln übersiedelte, lebte er in London. Er arbeitet als Übersetzer und Stadtführer und ist Autor zahlreicher Reiseführer.

Harald Raykowski unterrichtete viele Jahre englische und irische Literatur an der Universität Frankfurt. Im Laufe der Zeit hat er rund drei Dutzend Werke der englischsprachigen Literatur übersetzt. Er lebt abwechselnd in Südwestfrankreich, Südengland und Frankfurt.

John Sykes

Truly Criminal
Wahrhaft kriminell

Übersetzt von Harald Raykowski

dtv

Von John Sykes ist bei dtv außerdem lieferbar:

What Are The English Like? Wie ticken die Engländer?

Exploring London with Sherlock Holmes.
Mit Sherlock Holmes durch London

FSC
www.fsc.org
MIX
Papier aus verantwortungsvollen Quellen
FSC® C019821

2. Auflage 2023

Umschlaggestaltung: wildesblut –
Atelier für Gestaltung Stephanie Weischer
Umschlagmotiv: shutterstock.com
Satz: Greiner&Reichel, Köln
Druck und Bindung: Druckerei C.H.Beck, Nördlingen
Printed in Germany · ISBN 978-3-423-09556-3

Truly Criminal

Wahrhaft kriminell

Introduction

The Fascination of Crime

Does the land of Sherlock Holmes, Miss Marple and the television detectives Lewis and Barnaby need fictional crime? There are so many true crime stories that have amazed and shocked the public. Some of them, for example Jack the Ripper's murders, are internationally known. Other cases filled the pages of British newspapers for many years, for example the Moors Murders and the disappearance of Lord Lucan, who probably murdered the family nanny and was never seen again. These stories have also filled the bank accounts of authors who wrote about crime: detectives and the criminals themselves produced books about the brutal gangsters in London such as the Kray twins and about the Great Train Robbery, the "crime of the century". Real-life murder and robbery have filled the cinemas, too: for example in the movie about the life of Peter Scott the "cat burglar", who climbed walls and jumped from roofs to steal jewels.

This fascination with crime as entertainment, in best-sellers, newspaper headlines, television series and films, is not new. Two hundred years have passed since Thomas De Quincey wrote his essay "On Murder Considered as One of the Fine Arts", and one hundred years before that, Daniel Defoe, the author of *Robinson Crusoe,*

Einleitung

Die Faszination des Verbrechens

Braucht man im Land von Sherlock Holmes, Miss Marple und den Fernsehdetektiven Lewis und Barnaby überhaupt Krimis? Es gibt doch so viele Geschichten wahrer Verbrechen, die die Öffentlichkeit fasziniert und schockiert haben. Manche davon, zum Beispiel die Morde des Jack the Ripper, sind in aller Welt bekannt. Andere Fälle haben jahrelang die Seiten der britischen Zeitungen gefüllt, beispielsweise die Morde im Moor und das Verschwinden des Lord Lucan, der wahrscheinlich das Kindermädchen der Familie ermordete und dann nie mehr gesehen wurde. Diese Geschichten haben auch die Bankkonten von Autoren gefüllt, die über Verbrechen schrieben: Kriminalbeamte und auch einige Verbrecher haben Bücher über brutale Londoner Gangster verfasst, etwa über die Kray-Zwillinge und über den Großen Postzug-Raub, das «Verbrechen des Jahrhunderts». Ebenso haben wahre Geschichten von Morden und Raubüberfällen die Kinos gefüllt, zum Beispiel mit dem Film über das Leben des Einbrechers Peter «die Katze» Scott, der an Hausfassaden hinaufkletterte und von Dächern sprang, um Juwelen zu stehlen.

Dass Verbrechen faszinierend wirken und mit Bestsellern, Schlagzeilen, Fernsehserien und Filmen für Unterhaltung sorgen, ist nichts Neues. Es ist zweihundert Jahre her, dass Thomas De Quincey seinen Essay «Der Mord als eine schöne Kunst betrachtet» schrieb, und einhundert Jahre vor ihm verdiente Daniel Defoe, der Autor des «Robinson Crusoe», seinen Lebensunterhalt, indem er über Kriminal-

made a living from crime journalism. In Defoe's time, the hanging of a murderer or highwayman was a kind of spectator sport, watched by huge crowds who bought ballads and pamphlets about the criminal. They liked a little bit of horror, as we do today. They also liked a colourful character – someone to hate or someone to play the part of the rebel or popular hero. And of course these human aspects, the chance to look into the soul of a criminal, still fascinate us in the twenty-first century.

So read on – to learn about historical and modern murderers, about smugglers and pirates in the past, about thieves and gangsters in recent times. Some cases are truly shocking, while others have humorous aspects. And one thing is certain: in the future, fictional detectives will keep our eyes on the television screen and our noses in books, but there will also be many more sensational true crimes for writers, film makers and their audiences. This book presents a small collection of famous stories – enjoy them and sleep well afterwards!

fälle berichtete. Zu Defoes Zeit war die Hinrichtung eines Mörders oder Wegelagerers am Galgen eine Art Volksvergnügen. Die Zuschauermengen kauften sich Balladen und Flugblätter über den Verbrecher. Diese Leute gruselten sich gerne ein bisschen, so wie wir heutzutage auch. Sie hatten außerdem viel für schillernde Figuren übrig – solche, die man entweder verabscheuen oder in der Rolle von Rebellen oder Volkshelden sehen konnte. Und diese Seiten des Menschen, die Möglichkeit, einem Verbrecher ins Herz zu blicken, faszinieren uns natürlich auch noch im einundzwanzigsten Jahrhundert.

Lesen Sie also weiter, wenn Sie etwas über Mörder der Vergangenheit und Gegenwart erfahren wollen, über Schmuggler und Piraten früherer Zeiten, über Diebe und Gangster unserer Tage. Manche dieser Fälle sind wahrhaft schockierend, während andere auch komische Seiten haben. Eines ist gewiss: Fiktive Detektive werden uns an den Fernseher fesseln und zum Lesen verleiten, aber wahre Verbrechen werden weiterhin Stoffe für Autoren, Filmemacher und deren Publikum hergeben. Dieses Buch stellt eine kleine Auswahl von berühmten Geschichten dar. Viel Vergnügen bei der Lektüre – und schlafen Sie anschließend gut!

The Border Reivers

From Scotland to the moon

For more than three centuries, the region to the north and south of the border between England and Scotland was the land of the "reivers" – a Scottish word for robbers, especially cattle thieves. The invasion of Scotland by the English king in 1296 started an era of war between the two kingdoms. The hills and valleys ("dales") of the Borders, far from London and Edinburgh, were a lawless region. The Scottish and English kings each divided their lands in this region into three districts, called Marches. The Wardens of the Marches, lords who had the task of keeping law and order, were often cattle-thieves themselves.

The people of the Borders were deeply loyal to their clans, but not to the English or Scottish king and his representatives. Their land of moor and mountains was poor, but enough green grass grew in the valleys to feed cattle. On the higher ground, the farmers kept sheep. When times were hard, the easiest way to get food was to steal from farms in a neighbouring dale. One story tells of a woman who had nothing for her family to eat. When her husband sat down at the table, she put his spurs on an empty plate. The message was clear: it was time for him to get on his horse and go "reiving". Reiving was a way

Die « reivers » aus dem Grenzland

Von Schottland zum Mond

Mehr als drei Jahrhunderte lang waren in den Landstrichen nördlich und südlich der Grenze zwischen England und Schottland die « reivers » zuhause, wie man in Schottland Räuber und insbesondere Viehdiebe nennt. Mit dem Einmarsch des englischen Königs in Schottland im Jahr 1296 begann eine Zeit der Kriege zwischen den beiden Königreichen. Die Berge und Täler (« dales ») der Grenzregion, fernab von London und Edinburgh, waren eine gesetzlose Gegend. Die Könige Schottlands und Englands teilten ihr Land in dieser Region in jeweils drei Bezirke, die sogenannten Marken. Statthalter der Marken waren hohe Adlige mit dem Auftrag, für Recht und Ordnung zu sorgen, aber nicht selten waren sie selber Viehdiebe.

Die Bewohner des Grenzlandes waren ihren Clans treu ergeben, nicht aber dem englischen oder schottischen König und deren Vertretern. Ihr Grund und Boden bestand aus Heide und Gebirge und war karg, während in den Tälern reichlich frisches Gras wuchs, um Vieh zu weiden. Auf den Anhöhen hielten die Bauern Schafe. Um in schlechten Zeiten an Nahrung zu kommen, war es das Einfachste, wenn man sie von Bauernhöfen im Nachbartal raubte. Man erzählt sich von einer Frau, die nichts mehr hatte, um ihre Familie zu ernähren. Als ihr Mann sich an den Esstisch setzte, legte sie ihm seine Reitsporen auf den leeren Teller. Was das bedeutete, war klar: Es war an der Zeit, dass er sich aufs Pferd setzte und etwas raubte. Raub

of life for all classes of society, from noblemen to simple farm labourers.

Small gangs rode out at night on tough little ponies, which could cross difficult terrain and cover large distances quickly. The reivers wore steel helmets and jackets of strong leather. They carried swords, knives and axes, but their favourite weapon was a long spear. Reivers attacked small farms in nearby valleys by night, and returned home in the early hours of the morning. Sometimes they came and left quietly, but at other times there was heavy fighting. Houses were burned, families were murdered. The Robson clan of North Tynedale once raided the Scottish valley of Liddesdale, stole sheep belonging to the Graham family, and took them back across the border. Later they discovered that the stolen animals had a skin disease, which spread to the Robsons' sheep. Angry, the Robsons rode back to Liddesdale, and killed seven members of the Graham family.

Under a special law of the Marches, a person who lost animals to reivers had the right to organise a counter-raid within six days to take them back. This counter-raid was a public event: the group made a lot of noise with horns and dogs to show what they were doing, and everyone who met the group was obliged to join it. If they did not join, they were seen as supporters of the reivers. Some powerful clan leaders ignored the laws completely. One of the most famous was William

(« reiving ») war für jedermann etwas Alltägliches, ob es nun Edelleute waren oder einfache Landarbeiter.

In kleinen Gruppen ritten sie bei Nacht hinaus auf zähen Ponys, die sich auch in schwierigem Gelände zurechtfanden und lange Strecken schnell zurücklegen konnten. Diese « reivers » trugen Helme aus Stahl und Jacken aus festem Leder. Sie hatten Schwerter bei sich und Messer und Äxte, aber ihre bevorzugte Waffe war eine Lanze. In der Dunkelheit überfielen die « reivers » kleine Gehöfte in nahen Tälern und kehrten am frühen Morgen nach Hause zurück. Manchmal kamen sie lautlos und verschwanden dann wieder, aber manchmal gab es heftige Kämpfe. Häuser wurden niedergebrannt, Familien ermordet. Einmal überfiel der Robson-Clan aus dem nördlichen Tynedale das schottische Liddesdale, stahl Schafe, die der Familie der Grahams gehörten, und nahm sie mit auf die andere Seite der Grenze. Erst später entdeckten sie, dass diese Tiere an einer Hautkrankheit litten, mit der sie die Schafe der Robsons ansteckten. Wütend ritten die Robsons zurück ins Liddesdale und brachten sieben Familienmitglieder der Grahams um.

Ein besonderes Gesetz der Marken gestattete es jedem, der Vieh an die « reivers » verloren hatte, binnen sechs Tagen einen Gegenangriff durchzuführen, um es sich zurückzuholen. Ein Gegenangriff war ein öffentliches Ereignis: Die Truppe machte mit Hörnern und Hunden einen großen Lärm, um ihr Vorhaben anzuzeigen, und jeder, der dieser Gruppe begegnete, war verpflichtet, sich ihr anzuschließen. Wer das nicht tat, galt als Anhänger der « reivers ». Einige mächtige Clan-Führer kümmerten sich keinen Deut um Gesetze. Einer der berühmtes-

Armstrong of Kinmont ("Kinmont Willie"). He made big raids – not against one farm or village, but against a whole area. In 1593 he rode with 1,000 reivers against the English Milburn clan in Tynedale and returned with more than 2,000 animals. Three years later Lord Scrope, the English Warden of the West, captured Willie and imprisoned him in Carlisle Castle. After one month, the Scottish Warden of Liddesdale came with eighty men, bribed a castle guard to leave a gate open, and freed Kinmont Willie. In revenge, Lord Scrope burned the towns of Annan and Dumfries to the ground and took away 200 prisoners, naked and in chains.

The beginning of the end of the reivers' activities came only a few years later. In 1603 James VI of Scotland became King James I of England. In the past, the reivers had been useful soldiers in Scottish wars against England. Now James wanted peace. He established a commission to bring law and order to the Borders. The commission executed seventy-nine reivers in its first year, and many more in the following years. Some reivers, including the Armstrong and Graham clans, were deported to Ireland. Others went to the overseas colonies, and in this way the family names of reivers spread across the world: the first man on the moon, Neil Armstrong, was a descendant of a notorious clan.

By the early 1620s, the Borders were peaceful, but more than 300 years after the end of reiving,

ten war William Armstrong von Kinmont (« Kinmont Willie »). Er unternahm Überfälle im großen Stil – nicht auf einen einzelnen Bauernhof oder ein Dorf, sondern auf einen ganzen Landstrich. 1593 griff er mit 1 000 berittenen « reivers » den englischen Milburn-Clan in Tynedale an und kehrte mit 2 000 Tieren zurück. Drei Jahre danach nahm Lord Scrope, der englische Statthalter im Westen, Willie gefangen und kerkerte ihn in der Burg von Carlisle ein. Einen Monat später kam der schottische Statthalter von Liddesdale mit achtzig Mann, bestach einen der Burgwächter, damit er ein Tor offen ließ, und befreite Kinmont Willie. Lord Scrope rächte sich, indem er die Städte Annan und Dumfries bis auf die Grundmauern niederbrannte und 200 Gefangene nackt und in Ketten abführte.

Wenige Jahre später ging es mit den Umtrieben der « reivers » zu Ende. 1603 wurde James VI. von Schottland als James I. König von England. Davor waren die « reivers » in den schottischen Kriegen gegen England nützliche Soldaten gewesen. Jetzt wünschte James Frieden. Er setzte eine Kommission ein, die im Grenzland für Recht und Ordnung sorgen sollte. Schon im ersten Jahr ließ die Kommission neunundsiebzig « reivers » hinrichten und viele weitere in den folgenden Jahren. Einige « reivers », darunter die Clans der Armstrongs und Grahams, wurden nach Irland deportiert. Andere gingen in die Kolonien und auf diese Weise breiteten sich die Familiennamen von « reivers » in der ganzen Welt aus: Der erste Mann auf dem Mond, Neil Armstrong, war der Nachfahr eines berüchtigten Clans.

Seit Anfang der 1620er Jahre herrschte Frieden im Grenzland, aber über 300 Jahre nach dem Ende des « reiving »

the story had an epilogue. In 1525 the bishop of Glasgow proclaimed a curse against the reivers. It began "I curse their head and all the hairs of their head; I curse their face, their brain, their mouth, their nose, their tongue, their teeth … their arms, their legs, their hands, their feet, and every part of their body … I curse their wives, their children, and their servants … their cattle, their wool, their sheep, their horses, their geese, their hens …" and so on and so on.

In more than one thousand terrible words, the bishop damned everything about the reivers. The curse continued with plagues, floods and other disasters from the Bible: "May the thunder and lightning which rained down upon Sodom and Gomorrah burn them …"

For millennium celebrations in the year 2000 in the border city of Carlisle, an artist cut these words into a block of granite. The stone was placed between the city museum and the castle. Soon, biblical disasters began to happen in Carlisle. Hundreds of homes were flooded. There was a fire in a large bakery. A "plague" broke out: cattle and sheep were infected with foot-and-mouth disease. The final catastrophe was a "drought": for months the local football team was unable to win a single game. Some citizens believed that the curse of the reivers had been transferred to Carlisle and called for the removal of the stone. The city council debated the question. In the end, the stone stayed in its place.

hatte die Geschichte ein Nachspiel. Im Jahr 1525 hatte der Bischof von Glasgow die « reivers » mit einem Fluch belegt. Er begann mit den Worten: « Ich verfluche ihr Haupt und alles Haar darauf; ich verfluche ihr Gesicht, ihr Hirn, ihren Mund, ihre Nase, ihre Zunge, ihre Zähne … ihre Arme, ihre Beine, ihre Hände, ihre Füße und alle Teile ihres Körpers … ich verfluche ihre Frauen, ihre Kinder und ihre Dienerschaft … ihre Rinder, ihre Wolle, ihre Schafe, ihre Pferde, ihre Gänse, ihre Hühner … » und so weiter und so weiter.

Mit über tausend fürchterlichen Worten verdammte der Bischof alles an den « reivers ». Sein Fluch erstreckte sich dann auf Plagen, Fluten und andere biblische Katastrophen: « Mögen Donner und Blitzschlag, die auch auf Sodom und Gomorrha niederfuhren, sie alle verbrennen … »

Aus Anlass der Jahrtausendfeier im Jahr 2000 meißelte ein Künstler in der Grenzstadt Carlisle diese Worte in einen Granitblock. Der Stein wurde zwischen dem Stadtmuseum und der Burg aufgestellt. Bald darauf kam es in Carlisle zu biblischen Katastrophen. Hunderte von Häusern wurden überschwemmt. Eine Großbäckerei geriet in Brand. Eine « Plage » brach aus: Rinder und Schafe wurden von der Maul- und Klauenseuche befallen. Die größte Katastrophe war eine « Dürre »: Monatelang gewann die Fußballmannschaft der Stadt kein einziges Spiel. Manche Einwohner glaubten, der Fluch der « reivers » sei auf Carlisle übergegangen, und sie forderten, den Steinblock zu beseitigen. Der Stadtrat beriet über die Angelegenheit, aber am Ende blieb der Stein an seinem Platz.

The Pendle Witches

A black dog and a superstitious king

One day in March 1612, John Law, a peddler, was walking along a road through woods near Pendle Hill in Lancashire, in north-west England. A young woman, Alison Device, stopped him and asked for pins. When Law walked on without giving her any pins, he suddenly fell to the ground. He was paralysed on one side and could not speak. With difficulty he reached an inn, where he lay in bed in pain and had visions: he saw a large black dog, sometimes in the company of Alison. John Law's son found Alison, took her to the inn and asked her to take away the spell that she had put on his father. She agreed to do this. When questioned by the magistrate Roger Nowell, Alison made a confession. The black dog, she said, was her "familiar spirit". Two years before, she had sold her soul to this spirit. The dog had come to her on the road and offered to make John Law lame.

This was the beginning of a famous witch trial. Six of the "witches" came from two families in Pendle. Alison Device's grandmother, known as Mother Demdike, was the head of one of these families. The grandmother was blind, so Alison was her guide when they went around the neighbourhood, looking for small jobs and begging. Alison told the magistrate Nowell that her grand-

Die Hexen von Pendle

Ein schwarzer Hund und ein abergläubischer König

An einem Märztag des Jahres 1612 wanderte John Law, ein Hausierer, eine Landstraße entlang, die durch einen Wald nahe Pendle Hill in Lancashire im Nordwesten Englands führte. Eine junge Frau, Alison Device, sprach ihn an und bat ihn um Nähnadeln. Law ging weiter, ohne ihr Nadeln zu geben, als er plötzlich zu Boden stürzte. Er war halbseitig gelähmt und konnte nicht mehr sprechen. Mühsam erreichte er einen Gasthof. Er legte sich mit großen Schmerzen ins Bett, und dort kamen ihm Visionen: Er sah einen großen schwarzen Hund, manchmal begleitet von Alison. John Laws Sohn machte Alison ausfindig, brachte sie zu dem Gasthof und bat sie, die Verwünschung, mit der sie seinen Vater belegt hatte, aufzuheben. Sie willigte ein. Als der Magistratsrichter Roger Nowell sie verhörte, legte sie ein Geständnis ab. Der schwarze Hund, sagte sie, sei ihr Dämon. Vor zwei Jahren habe sie ihm ihre Seele verkauft. Auf der Landstraße sei der Hund zu ihr gekommen und habe angeboten, John Law zu lähmen.

Damit begann ein berühmter Hexenprozess. Sechs der «Hexen» stammten aus zwei Familien in Pendle. Alison Devices Großmutter, bekannt als «Mutter Demdike», war das Oberhaupt einer dieser Familien. Da die Großmutter blind war, wurde sie von Alison geführt, wenn die beiden in der Umgebung unterwegs waren, um Gelegenheitsarbeit zu finden oder zu betteln. Alison erzählte dem Richter Nowell, ihre Großmutter besitze die Fähig-

mother had the power to heal sick cattle, to turn milk into butter without touching it, and also to take revenge on her enemies. When a farmer told Mother Demdike to leave his land, she carried out a ritual, and the farmer's daughter later died. The old woman herself described how she pushed pins or thorns into clay models of her victims.

Alison denounced a rival local family. The head of this second family was a woman named Old Chattox. In the rituals of both old women, folk magic was combined with Roman Catholic prayers. When Nowell questioned Old Chattox, she recited one of her spells, which included the Ave Maria. This was significant in the political climate of the time. In 1603 James VI of Scotland had taken the English throne, where he was King James I. He saw Roman Catholics as a danger to his position. He also had a deep interest in witchcraft. When James married Anne of Denmark in 1589 and returned to Scotland across the North Sea, his ship sailed into a terrible storm. He believed that witches had put a spell on the journey, and later wrote a book, *Demonology*, about witches and demons. He ordered the persecution of witches in Scotland.

Catholics, too, were persecuted in England and Scotland after the Reformation. Lancashire was an area where many people secretly practised the Catholic religion. Roger Nowell was an ambitious magistrate who hoped to please the king. In 1612 he began to make a list of people who did not go to Protestant church services. The mix

keit, kranke Rinder zu heilen, aus Milch Butter zu machen, ohne sie zu berühren, und an ihren Feinden Rache zu nehmen. Als ein Bauer Mutter Demdike aufforderte, seinen Grund und Boden zu verlassen, vollführte sie ein Ritual, und bald darauf starb die Tochter des Bauern. Die alte Frau selbst beschrieb, wie sie Nadeln und Dornen in Tonfigürchen ihrer Opfer stach.

Alison sagte gegen eine rivalisierende Familie aus der Stadt aus. Das Oberhaupt dieser zweiten Familie war eine Frau, die «Old Chattox» genannt wurde. In den Ritualen der beiden Alten mischten sich Aberglaube und katholische Gebete. Als Nowell Old Chattox verhörte, sagte sie eine ihrer Zauberformeln auf, die auch das Ave Maria enthielt. Im damaligen politischen Klima war das bedeutsam. 1603 hatte James VI. von Schottland den englischen Thron bestiegen und war nun König James I. Er sah in Katholiken eine Bedrohung seiner Stellung. Außerdem interessierte er sich sehr für Hexerei. Als James 1589 Anne von Dänemark heiratete und über die Nordsee nach Schottland zurückkehrte, geriet sein Schiff in ein furchtbares Unwetter. Er glaubte, dass Hexen seine Reise mit einem Fluch belegt hätten, und schrieb später ein Buch über Hexen und Dämonen, «Daemonologie». Er ordnete eine Hexenverfolgung in Schottland an.

Auch Katholiken wurden nach der Reformation in England und Schottland verfolgt. Lancashire war eine Region, in der viele Menschen heimlich ihren katholischen Glauben ausübten. Roger Nowell war ein ehrgeiziger Magistratsrichter, der dem König zu gefallen hoffte. 1612 begann er, eine Liste derjenigen anzulegen, die nicht zu protestantischen Gottesdiensten gingen. Die

of magic and Catholic prayers in witches' rituals gave him a chance to kill two birds with one stone: a witch hunt and at the same time persecution of Catholics. He arrested the two families and other local women. One of them, Alice Nutter, had no connection with magic, but she came from a strongly Catholic family of landowners.

Twelve people were imprisoned for months in Lancaster Castle. Mother Demdike died before the start of the trial. The jury decided that ten persons – eight women and two men – were guilty, and one was innocent. One aspect of the trial was new. Nine-year-old Jennet Device, Alison's sister, was a witness. In *Demonology*, James I had written that "Children ... can be witnesses over high treason against God." It seems that someone taught young Jennet to say what the court wanted to hear. When she entered the courtroom, her mother Elizabeth screamed. Jennet denounced Elizabeth as a witch. The jury believed her, and on the following day her mother was hanged.

Twenty years after the trial at Lancaster, Jennet herself was named as a witch by a ten-year-old boy – but Jennet was acquitted when the boy confessed that he had told lies, based on what he had heard about the Pendle witches. One small happy end!

Vermischung von Magie und katholischen Gebeten in Zauberritualen bot ihm die Gelegenheit, zwei Fliegen mit einer Klappe zu schlagen und gleichzeitig Hexen und Katholiken zu verfolgen. Er ließ die beiden Familien sowie weitere Frauen aus der Gegend verhaften. Eine von ihnen, Alice Nutter, hatte nichts mit Magie zu tun, aber sie entstammte einer gut katholischen Familie von Grundbesitzern.

Zwölf Personen wurden monatelang in der Burg von Lancaster eingesperrt. Mutter Demdike starb vor Prozessbeginn. Die Geschworenen befanden zehn Personen – acht Frauen und zwei Männer – für schuldig und eine für unschuldig. Eins war an diesem Prozess neu. Die neunjährige Jennet Device, Alisons Schwester, sagte als Zeugin aus. In «Daemonologie» hatte James I. geschrieben, dass «Kinder … bei Hochverrat an Gott Zeugen sein» können. Es scheint, dass jemand der kleinen Jennet beigebracht hatte auszusagen, was das Gericht hören wollte. Als sie den Gerichtssaal betrat, schrie ihre Mutter Elizabeth auf. Jennet beschuldigte Elizabeth, eine Hexe zu sein. Die Geschworenen glaubten ihr, und am folgenden Tag wurde ihre Mutter gehängt.

Zwanzig Jahre nach dem Prozess in Lancaster wurde Jennet selbst von einem zehnjährigen Jungen als Hexe angezeigt – aber sie wurde freigesprochen, als der Junge gestand, er habe aufgrund dessen, was er über die Hexen von Pendle gehört hatte, Lügen erzählt. Ein kleines Happy End!

Pirates in the Caribbean

The story of Ann Bonny and Mary Read

The period between 1650 and 1720 is sometimes called the "golden age of piracy". Among the pirates who operated in the Caribbean Sea at that time, Henry Morgan, Captain William Kidd and Blackbeard were the most famous – and they were men, of course. Less well known are two women who lived and fought on pirate ships: Ann Bonny and Mary Read.

Ann Bonny was born in Ireland in about 1700. Her parents were William Cormac, a lawyer, and Mary Brennan, William's servant. William Cormac left his wife and moved to London with Mary and the baby. Later they emigrated across the Atlantic Ocean to Carolina. Cormac made a good living there. It is said that red-haired Ann had a hot temper, and once stabbed a servant girl with a knife. Although Ann grew up in a fine townhouse, she was not interested in elegant social circles: at a young age she married a poor sailor, James Bonny. Bonny probably had his eyes on William Cormac's money. However, William was not willing to support Ann and James, so they moved to Nassau on New Providence, one of the Bahama islands. Nassau was a base for English pirates who terrorised traders in the Caribbean.

Piraten in der Karibik

Die Geschichte von Ann Bonny und Mary Read

Die Jahre zwischen 1650 und 1720 werden manchmal als das «Goldene Zeitalter der Seeräuberei» bezeichnet. Von den Piraten, die in dieser Zeit in der Karibik ihr Unwesen trieben, waren Henry Morgan, Captain William Kidd und Blackbeard die berühmtesten – und natürlich waren sie Männer. Weniger bekannt sind zwei Frauen, die auf Piratenschiffen lebten und kämpften: Ann Bonny und Mary Read.

Ann Bonny kam um 1700 in Irland zur Welt. Ihre Eltern waren William Cormac, ein Anwalt, und Mary Brennan, Williams Hausmädchen. William Cormac verließ seine Ehefrau und zog mit Mary und ihrem Baby nach London. Später emigrierten sie nach Carolina auf der anderen Seite des Atlantiks. Cormac verdiente dort sehr gut. Es hieß, die rothaarige Ann sei unbeherrscht und habe einmal eine Dienerin mit einem Messer verletzt. Obwohl Ann in einem schönen Stadthaus aufwuchs, hatte sie nichts für die feine Gesellschaft übrig: Sie heiratete in jungen Jahren einen armen Seemann, James Bonny. Bonny hatte es wahrscheinlich auf William Cormacs Geld abgesehen. William war aber nicht gewillt, Ann und James zu unterstützen, woraufhin diese nach Nassau auf New Providence zogen, eine der Inseln der Bahamas. Nassau war ein Stützpunkt englischer Piraten, die die Handelsschiffe in der Karibik terrorisierten.

In the taverns there, Ann met a notorious pirate, Jack Rackham. She became a member of Jack's crew, dressed as a man. It is said that the other sailors did not realise that she was a woman until she became pregnant. After giving birth to a son on land, she joined the pirate ship again. In the meantime, the crew had gained a second female member.

Mary Read was born in 1685 in Devon in the west of England. Her family history sounds like a story from a cheap novel. Mary's mother married a sailor and gave birth to a son. Her husband was lost at sea, but the sailor's mother gave financial support to her daughter-in-law and the baby son. Then Mary's mother had a love affair and became pregnant again. To hide this, she moved away and stayed with friends. The little son died, and Mary was born. Mary's mother wanted to keep the financial support of her mother-in-law, so she disguised the little girl as the dead son. Mary grew up wearing boys' clothes and became a sailor herself. Later she joined the English army, fighting against the French, and took a ship for the Caribbean when the wars ended. This ship was captured by Jack Rackham. Captured sailors usually had a choice: join the pirates or die. Mary decided to go with Jack and his companion, Ann Bonny. Ann, who had divorced James Bonny and married Jack at sea, believed Mary was a man.

Was it really possible for female pirates to hide the fact that they were women? Historians are

Dort begegnete Ann in einer Schenke einem berüchtigten Piraten, Jack Rackham. Sie heuerte auf seinem Schiff an und kleidete sich wie ein Mann. Man sagt, die anderen Matrosen hätten erst bemerkt, dass sie eine Frau war, als sie schwanger wurde. Nachdem sie an Land einen Sohn zur Welt gebracht hatte, ging sie zurück auf das Piratenschiff. Dort gab es inzwischen ein zweites weibliches Besatzungsmitglied.

Mary Read wurde 1685 in Devon im Westen von England geboren. Ihre Familiengeschichte klingt wie etwas aus einem Groschenroman. Marys Mutter hatte einen Matrosen geheiratet und gebar einen Sohn. Nachdem ihr Ehemann auf See verschollen war, unterstützte seine Mutter ihre Schwiegertochter und das Baby mit Geld. Dann hatte Marys Mutter eine Liebesbeziehung und wurde wieder schwanger. Um das zu verheimlichen, zog sie fort zu Freunden. Ihr kleiner Sohn starb, und Mary wurde geboren. Da sie die finanzielle Hilfe ihrer Schwiegermutter nicht verlieren wollte, gab Marys Mutter das kleine Mädchen als ihren toten Sohn aus. Mary wuchs in Jungenkleidern auf und wurde selbst Matrose. Später trat sie in die englische Armee ein, kämpfte gegen die Franzosen, und als die Kriege zu Ende waren, bestieg sie ein Schiff mit Kurs auf die Karibik. Dieses Schiff wurde von Jack Rackham gekapert. Gekaperte Matrosen hatten gewöhnlich nur die Wahl, sich den Piraten anzuschließen oder zu sterben. Mary beschloss, sich zu Jack und zu dessen Gefährtin Ann Bonny zu gesellen. Ann, die sich von James Bonny hatte scheiden lassen und Jack auf See geheiratet hatte, glaubte, dass Mary ein Mann sei.

War es weiblichen Piraten wirklich möglich, die Tatsache zu verbergen, dass sie Frauen waren? Historiker bezwei-

sceptical about this. At the trial of Read and Bonny, one of the pirates' victims, Dorothy Thomas, said that she knew they were women because of the size of their breasts.

In 1720 Jack Rackham, Bonny and Read stole a ship from the harbour in Nassau, recruited a new crew and terrorised traders in the seas around Jamaica. When more and more pirates joined them, and the chaos increased, the governor of the Bahamas offered a reward for capturing them. A pirate hunter, Captain Jonathan Barnet, found Rackham's ship off the west coast of Jamaica and took it by surprise while the crew were drinking rum. When Captain Barnet opened fire, the pirates fled below deck. Only the two women, Ann Bonny and Mary Read, helped by one man, stayed on deck to fight. Rackham and his whole crew were taken to prison on Jamaica. At the trial, all were sentenced to death. "If you had fought like a man, you would not be hanged like a dog," said Ann to her pirate husband.

Ann and Mary, too, received death sentences. However, when it was discovered that both were pregnant, they were not hanged. Mary caught a fever and died in prison. Ann was luckier: she had a wealthy father. William Cormac paid a ransom for the release of his daughter from prison. She gave birth to Rackham's child in 1721, married again, had eight children with her new husband, and died in South Carolina more than sixty years later, in 1782.

feln das. Als Read und Bonny vor Gericht standen, sagte Dorothy Thomas, eins der Opfer der Piraten, sie habe gewusst, dass es sich um Frauen handelte: wegen ihres Brustumfangs.

1720 entführten Jack Rackham, Bonny und Read ein Schiff aus dem Hafen von Nassau, heuerten eine neue Mannschaft an und terrorisierten Handelsschiffe in den Meeren rund um Jamaika. Als mehr und mehr Piraten zu ihnen stießen und die Lage immer chaotischer wurde, setzte der Gouverneur der Bahamas eine Belohnung für ihre Ergreifung aus. Ein Piratenjäger, Kapitän Jonathan Barnet, entdeckte Rackhams Schiff vor der Westküste von Jamaika und überraschte die Mannschaft, während sie Rum trank. Als Kapitän Barnet das Feuer eröffnete, flüchteten sich die Piraten unter Deck. Nur die zwei Frauen, Ann Bonny und Mary Read, unterstützt von einem Mann, blieben an Deck, um zu kämpfen. Rackham und seine gesamte Besatzung wurden nach Jamaika ins Gefängnis gebracht. Vor Gericht wurden sie alle zum Tode verurteilt. «Wenn du wie ein Mann gekämpft hättest, dann würdest du jetzt nicht wie ein Hund gehängt», sagte Ann zu ihrem Ehemann, dem Piraten.

Auch Ann und Mary wurden zum Tode verurteilt. Als sich jedoch herausstellte, dass beide schwanger waren, hängte man sie nicht. Mary erkrankte an einem Fieber und starb im Gefängnis. Ann hatte mehr Glück: Sie hatte einen wohlhabenden Vater. William Cormac zahlte ein Lösegeld für ihre Entlassung aus dem Gefängnis. 1721 brachte sie Rackhams Kind zur Welt, heiratete wieder, gebar ihrem neuen Ehemann acht Kinder und starb 1782, mehr als sechzig Jahre später, in South Carolina.

A Jailbreaker and Gentleman

Jack Sheppard, a popular hero

In a short lifetime – he was born in 1702 and died on the gallows in 1724 – Jack Sheppard became a legend. His criminal career lasted only two years, but was extremely eventful.

Sheppard was born in Spitalfields, a district of east London just outside the city walls. His father, a carpenter, died when he was very young. As a child Jack had to work for a chair-maker and in a shop on The Strand. In 1717, at the age of fifteen, he became a carpenter's apprentice. For five years Jack learned the woodworker's trade without getting into any trouble. By that time, he could look forward to earning money honestly and living a respectable life. What went wrong?

According to Daniel Defoe, a journalist (and author of *Robinson Crusoe*) who wrote about the criminal world in London, the ruin of Jack Sheppard began in a tavern called The Black Lion. Many apprentices spent time there. Jack began to drink too much. At The Black Lion he met a prostitute named Elizabeth Lyon. She knew that Jack's income as an apprentice was too small to pay for his love of drink and women. Elizabeth encouraged him to start stealing. The first things he stole were two silver spoons from a tavern. As a carpenter he worked in many different places and

Ein Ausbrecher und Gentleman

Jack Sheppard, ein Volksheld

Bereits während seines kurzen Lebens – er wurde 1702 geboren und starb 1724 am Galgen – war Jack Sheppard eine Legende. Seine Verbrecherlaufbahn dauerte nur zwei Jahre, war aber sehr ereignisreich.

Sheppard kam in Spitalfields zur Welt, einem Ost-Londoner Stadtteil außerhalb der Stadtmauern. Sein Vater, ein Zimmermann, starb, als Jack noch sehr klein war. Als Kind musste er für einen Stuhlmacher und in einem Geschäft am «Strand» arbeiten. 1717, als er fünfzehn war, kam er bei einem Zimmermann in die Lehre. Fünf Jahre lang lernte Jack dieses Handwerk, ohne in Schwierigkeiten zu geraten. Zu dieser Zeit konnte er damit rechnen, sein Geld ehrlich zu verdienen und ein angesehenes Leben zu führen. Was war da schiefgelaufen?

Wenn man Daniel Defoe glaubt, einem Journalisten (und Verfasser des «Robinson Crusoe»), der über die Welt des Verbrechens in London berichtete, begann Jack Sheppards Niedergang in einem Wirtshaus, dem «Schwarzen Löwen». Viele Lehrlinge verkehrten dort. Jack fing an zu trinken. Im «Schwarzen Löwen» begegnete er einer Prostituierten namens Elizabeth Lyon. Sie wusste, dass Jack als Lehrling nicht genug verdiente, um für seine Liebe zu Alkohol und Frauen bezahlen zu können. Elizabeth brachte ihn dazu, Diebstähle zu begehen. Das Erste, was er stahl, waren zwei silberne Löffel aus einem Wirtshaus. Als Zimmermann arbeitete er an vielen

had good opportunities for theft. He was careful. Nobody caught him, even when he took more valuable items.

He earned enough money to set up home with Elizabeth Lyon. They lived as man and wife, although they were not officially married, and operated as a criminal team. When Elizabeth was arrested and held in a small prison, the St Giles Roundhouse, Jack showed the talent for which he was later celebrated: jailbreaking. He went to the parish of St Giles, broke into the prison and freed Elizabeth.

Jack Sheppard's criminal activities now became more serious. He worked with the gang of Jonathan Wild and became a burglar: for a man who could break into a prison, it was relatively easy to enter a private house. In the London underworld, Jonathan Wild was the biggest fish in the pond. It was dangerous to be connected with him, because Wild demanded absolute loyalty. He often betrayed rivals or associates like Jack who showed signs of independence.

Jack was soon a wanted man. He had committed a burglary with his brother Tom and Elizabeth. Tom was arrested and revealed Jack's involvement. Jonathan Wild knew of these events. A member of Wild's gang arranged to meet Jack at a tavern. When Jack arrived, the constable of St Giles was waiting for him. Jack was taken to the Roundhouse. During the night, he used his carpenter's skills to break open the wooden roof

verschiedenen Orten und hatte reichlich Gelegenheit zu Diebstählen. Er war auf der Hut. Nie wurde er ertappt, auch nicht, als er wertvollere Gegenstände entwendete.

Er verdiente genug, um mit Elizabeth Lyon zusammenzuziehen. Sie lebten als Ehepaar, obwohl sie nicht offiziell verheiratet waren, und verübten gemeinsam Verbrechen. Als Elizabeth verhaftet und in ein kleines Gefängnis gesperrt wurde, das St. Giles Roundhouse, entwickelte Jack das Talent, für das er später berühmt wurde: das Ausbrechen aus der Haft. Er begab sich in die Gemeinde von St. Giles, brach in das Gefängnis ein und befreite Elizabeth.

Von da an verübte Jack Sheppard gravierendere Taten. Er tat sich mit der Bande von Jonathan Wild zusammen und wurde zum Einbrecher. Für jemanden, der in ein Gefängnis eindringen konnte, war es relativ leicht, in ein Privathaus einzubrechen. In der Londoner Unterwelt war Jonathan Wild die Nummer eins. Es war gefährlich, sich mit ihm einzulassen, denn Wild verlangte absolute Loyalität. Häufig verriet er Rivalen oder Anhänger wie Jack, wenn sie ihm nicht gehorchten.

Jack wurde bald überall gesucht. Gemeinsam mit seinem Bruder Tom und Elizabeth hatte er einen Einbruch verübt. Tom wurde verhaftet und gestand Jacks Beteiligung. Jonathan Wild erfuhr davon. Eins von seinen Bandenmitgliedern verabredete mit Jack ein Treffen in einem Wirtshaus. Als Jack eintraf, wartete der Büttel von St. Giles schon auf ihn. Jack wurde in das Roundhouse gebracht. Während der Nacht bediente er sich seiner Kenntnisse als Zimmermann, um das hölzerne Dach des Gefängnis-

of the jail. He reached the ground using a rope made from knotted bedsheets.

Only a month later, in May 1724, Jack Sheppard was arrested again while operating as a pickpocket. When Elizabeth visited him in prison, she was recognised and arrested herself. They were held together in a cell, in chains. This time a woodworker's skills were not enough, and it took Jack several days to escape. He and Elizabeth used a file to cut through their chains and the bars of the cell window. They reached ground level by the usual method – a rope made from bedsheets. Now they were in the prison yard and had to climb over a gate to gain their freedom. This deed made them famous, because the gate was almost seven metres high!

In July 1724, Jonathan Wild again organised the arrest of Jack Sheppard, who was now kept in a more secure place, the famous Newgate Prison. In his trial at the Old Bailey, Jack was found guilty of burglary and sentenced to death. Elizabeth visited him in the company of a second woman. While the two women held the attention of the guards, Jack removed an iron bar from his cell door, squeezed through the opening and escaped in disguise, wearing women's clothes.

Following three jailbreaks, Jack was a people's hero. He was charming, never brutal, and had the nickname "Gentleman Jack". For ordinary Londoners he was "one of us", a common man

ses aufzubrechen. Mit Hilfe eines Seils aus zusammengeknüpften Betttüchern erreichte er festen Boden.

Nur einen Monat später, im Mai 1724 wurde Jack Sheppard erneut verhaftet, während er sich als Taschendieb betätigte. Als Elizabeth ihn im Gefängnis besuchte, wurde sie erkannt und ebenfalls verhaftet. Sie kamen, mit Ketten gefesselt, in eine gemeinsame Zelle. Diesmal genügten seine Fähigkeiten als Zimmermann nicht, und Jack brauchte mehrere Tage, um zu entkommen. Er und Elizabeth benutzten eine Feile, um ihre Ketten und das Gitter an ihrem Zellenfenster zu durchtrennen. Sie gelangten auf die gewohnte Weise hinaus – mit einem Seil aus Betttüchern. Diesmal befanden sie sich im Gefängnishof, und sie mussten noch über ein Tor klettern, um in Freiheit zu gelangen. Damit wurden sie berühmt, denn das Tor war fast sieben Meter hoch!

Im Juli 1724 sorgte Jonathan Wild erneut dafür, dass Jack Sheppard verhaftet wurde, der diesmal an einen sichereren Ort kam, in das berühmte Gefängnis von Newgate. In seinem Prozess im Old Bailey wurde Jack des Einbruchs für schuldig befunden und zum Tode verurteilt. Elizabeth besuchte ihn gemeinsam mit einer zweiten Frau. Während die beiden die Gefängniswärter ablenkten, entfernte Jack eine Eisenstange aus seiner Zellentür, zwängte sich durch die Öffnung und entkam, verkleidet in Frauenkleidern.

Nach drei Gefängnisausbrüchen war Jack ein Volksheld. Er war liebenswürdig, nie brutal, und man nannte ihn «Gentleman Jack». Für die einfachen Londoner war er «einer von uns», ein gewöhnlicher Mann, der gewitzter

who was cleverer than the authorities. However, Jack had powerful enemies. A search party discovered his hiding place. Jack was put in the most secure room in Newgate and chained to the floor by his legs, but he remained in good spirits. He showed his guards how to open a lock using only a nail. He chatted and joked with visitors from high society who came to his cell to meet the great criminal. Jack Sheppard's fourth escape was the most difficult. He unlocked his handcuffs and chain, but could not take off the irons on his legs. Nevertheless, he was able to climb up a chimney, break through a ceiling, pass through six locked doors and reach the prison roof. He then entered a neighbouring house through its roof and walked out of London by night. Then he hid in a barn in Tottenham, to the north of the city, where he paid a shoemaker to remove his leg irons.

This escape was so spectacular that, according to Daniel Defoe, everyone in Newgate believed that Jack was in league with the devil. He enjoyed only two weeks of freedom. From a shop he stole fine clothing and accessories – a silk suit, a silver sword, rings and a wig – so that he could pose as a gentleman. On 30 October 1724 he lived the high life for the last time. After a night of drinking and pleasure with two women, he was arrested again. 300 pounds of iron weights held him down in Newgate Prison. His guards took four shillings from each of many visitors, including the king's

war als die Obrigkeit. Aber Jack hatte mächtige Feinde. Ein Suchtrupp machte sein Versteck ausfindig. Jack wurde in die sicherste Zelle von Newgate gesperrt und mit Fußfesseln an den Boden gekettet, aber er blieb guter Dinge. Er zeigte seinen Wärtern, wie man mit einem einfachen Nagel ein Schloss öffnet. Er plauderte und scherzte mit hochgestellten Besuchern, die in seine Zelle kamen, um den großen Verbrecher zu sehen. Jack Sheppards vierter Ausbruch war der schwierigste. Er öffnete seine Handschellen und Ketten, aber von den Fußfesseln konnte er sich nicht befreien. Dennoch brachte er es fertig, einen Schornstein hinaufzuklettern, eine Decke zu durchbrechen, sechs verschlossene Türen zu überwinden und auf das Dach des Gefängnisses zu gelangen. Dann drang er durch das Dach in ein benachbartes Haus ein und verließ London bei Nacht zu Fuß. Anschließend versteckte er sich in einer Scheune in Tottenham nördlich der City und gab einem Schuhmacher Geld dafür, dass er ihm die Fußfesseln abnahm.

Dieser Ausbruch, so berichtet Daniel Defoe, war so unglaublich, dass in Newgate jedermann annahm, Jack sei mit dem Teufel im Bunde. Er erfreute sich seiner Freiheit nur zwei Wochen lang. In einem Geschäft entwendete er elegante Kleidungsstücke und einiges andere – einen seidenen Anzug, ein silbernes Schwert, Ringe und eine Perücke – so dass er sich als Gentleman ausgeben konnte. Am 30. Oktober 1724 machte er sich zum letzten Mal ein schönes Leben. Eine Nacht lang hatte er sich mit Alkohol und Frauen vergnügt, dann wurde er abermals verhaftet. Mit 300 Pfund schweren Eisengewichten wurde er im Gefängnis von Newgate niedergehalten. Seine Wärter nahmen von jedem seiner vielen Besucher vier

artist Sir James Thornhill, who drew a portrait of Jack.

At the trial, the judge offered to reduce the death sentence in return for information about Jack's associates. Jack refused the offer. On 16 November a cart took him to the gallows at Tyburn. Huge crowds – 200,000 people, it was said – lined the route of the procession from Newgate to Tyburn. Jack planned to cut his ropes and escape through an alley, but the guards found the knife that was hidden in his clothes. Jack Sheppard died drunk: the cart stopped at a tavern, and the condemned man drank a pint of wine. After fifteen minutes on the gallows, his body was cut down and buried in the churchyard of St Martin-in-the-Fields.

In literature, plays and films, Jack Sheppard lives on. In 1728 John Gay wrote a satire called *The Beggar's Opera* with the characters Peachum (based on Jonathan Wild) and Macheath (based on Sheppard). Over 200 years later, Bertolt Brecht and Kurt Weill made this story into *The Threepenny Opera*.

Shilling. Unter ihnen war der Hofmaler des Königs, Sir James Thornhill, der ein Porträt von Jack anfertigte.

Bei seinem Prozess bot der Richter an, ihm die Todesstrafe zu erlassen im Austausch für Informationen über Jacks Komplizen. Jack lehnte ab. Am 16. November wurde er auf einem Karren zum Galgen von Tyburn gebracht. Eine riesige Menschenmenge – es sollen 200 000 Leute gewesen sein – säumte seinen Weg von Newgate nach Tyburn. Jack plante, seine Fesseln durchzuschneiden und durch eine Gasse zu fliehen, aber die Wachen entdeckten das Messer, das in seiner Kleidung versteckt war. Als Jack starb, war er betrunken: Der Karren hatte an einem Wirtshaus angehalten, wo der Verurteilte einen halben Liter Wein trank. Nach fünfzehn Minuten am Galgen wurde sein Leichnam abgenommen und auf dem Kirchhof von St. Martin-in-the-Fields begraben.

In Büchern, Theaterstücken und Filmen lebt Jack Sheppard weiter. 1728 schrieb John Gay eine Satire mit dem Titel «Die Bettleroper», in der die Figuren Peachum (Vorbild: Jonathan Wild) und Macheath (Vorbild: Jack Sheppard) vorkommen. Über 200 Jahre später machten Bertolt Brecht und Kurt Weill aus dieser Geschichte die «Dreigroschenoper».

The Highwayman and His Horse

The legend of Dick Turpin and Black Bess

When officers of the law found Dick Turpin and his accomplice Tom King in an inn, the two highwaymen ran to their horses. Turpin quickly jumped into the saddle, but King fell to the ground. He tried to draw his pistol, but the officers took hold of him. He fought them, and shouted out, "Shoot, Dick, or I will be captured!"

"I can't," replied Turpin. "I'll hit you if I fire."

"Take your chance. Shoot, I say!"

Turpin fired. The bullet hit King in the chest and killed him.

This is the opening scene of a famous story, as described by the author William Harrison Ainsworth in the novel *Rookwood*, published a century after the events. The tale continues with Dick Turpin's ride from London to York on his strong and beautiful horse, Black Bess: he rode 200 miles in twelve hours, in Ainsworth's version. When he finally reached York, Black Bess collapsed and died.

If you ask English people to name a highwayman, the answer will be "Dick Turpin". He is known from countless stories, ballads, plays and films. He is portrayed as a daring and likeable character, a brilliant rider, a romantic hero.

Der Wegelagerer und sein Pferd

Die Legende von Dick Turpin und Black Bess

Als Dick Turpin und sein Komplize Tom King von Gesetzeshütern in einem Wirtshaus aufgespürt wurden, rannten die beiden Wegelagerer zu ihren Pferden. Turpin schwang sich flink in den Sattel, aber King stürzte zu Boden. Er versuchte, seine Pistole zu ziehen, aber die Beamten ergriffen ihn. Er wehrte sich und rief: « Schieß, Dick, sonst haben sie mich ! »

« Ich kann nicht », entgegnete Turpin. « Wenn ich schieße, könnte ich dich treffen. »

« Versuch's wenigstens. Los, schieß ! »

Turpin feuerte. Die Kugel traf King in die Brust und tötete ihn.

Mit dieser Szene beginnt eine bekannte Geschichte in dem Roman « Rookwood » des Schriftstellers William Harrison Ainsworth, der hundert Jahre nach diesem Ereignis erschien. In dem Roman wird dann berichtet, wie Dick Turpin auf seinem schönen Pferd Black Bess von London bis nach York ritt. In Ainsworths Darstellung legte er die 200 Meilen in zwölf Stunden zurück. Als er schließlich York erreichte, brach Black Bess tot zusammen.

Wenn man jemanden in England nach dem Namen eines Wegelagerers fragt, wird die Antwort « Dick Turpin » lauten. Er ist aus zahllosen Geschichten, Balladen, Bühnenstücken und Filmen bekannt. Er wird als wagemutiger, liebenswerter Mann beschrieben, als vorzüglicher Reiter

The truth is, of course, less attractive. Turpin, the son of a butcher from Essex, was born in 1705. He followed in his father's footsteps and became a butcher himself. This soon led to illegal activities: the Gregory Gang, poachers who hunted deer in the Royal Forest of Waltham, sold the meat to the young Turpin.

The Gregory Gang moved from poaching to robbery. Armed with pistols and knives, they made violent attacks on the homes of farmers and merchants in London and Essex. By 1734 Turpin was an active member of the gang. When an old farmer refused to tell them where his money was hidden, they beat him with pistols, poured boiling water over his head, pulled him around the house by his nose and held him over a fire. Three members of the gang were arrested in a tavern. One of them, only fifteen years old, informed on his comrades. Turpin was now a wanted man. There was a price on his head – 100 pounds, a huge sum at that time – and a description of him was circulated: "Richard Turpin, a butcher by trade, tall … marked with smallpox, about twenty-six years of age, about five feet nine inches high … lived lately somewhere about Millbank, Westminster, wears a blue-grey coat."

It was too dangerous to stay in London, so Turpin turned to highway robbery. He took money and jewellery from travellers on roads all around the city in 1735. Two years later, helped by two other highwaymen, he attacked several coaches.

und romantischer Held. Die Wahrheit ist freilich weniger schön. Turpin kam 1705 in Essex als Sohn eines Metzgers zur Welt. Er trat in seines Vaters Fußstapfen und wurde ebenfalls Metzger. Bald kam es zu illegalen Machenschaften: Eine Bande von Wilderern, die im königlichen Forst von Waltham Rotwild jagten, die Gregory-Gang, verkaufte das Fleisch an den jungen Turpin.

Die Gregory-Gang verlegte sich von Wilderei auf Raub. Mit Pistolen und Messern bewaffnet, begingen sie gewaltsame Überfälle auf die Häuser von Bauern und Kaufleuten in London und Essex. 1734 wurde Turpin aktives Mitglied der Bande. Als ein alter Bauer sich weigerte, ihnen zu sagen, wo sein Geld versteckt war, schlugen sie mit ihren Pistolen auf ihn ein, gossen ihm kochendes Wasser über den Kopf, zerrten ihn an der Nase durch das ganze Haus und hielten ihn über ein Feuer. Drei Mitglieder der Bande wurden in einem Wirtshaus verhaftet. Einer von ihnen, erst fünfzehn Jahre alt, sagte gegen seine Komplizen aus. Nach Turpin wurde von nun an gefahndet. Auf seinen Kopf war eine Prämie von einhundert Pfund ausgesetzt, eine gewaltige Summe zur damaligen Zeit, und sein Steckbrief wurde überall veröffentlicht: «Richard Turpin, von Beruf Metzger, hochgewachsen ... pockennarbig, etwa sechsundzwanzig Jahre alt, etwa fünf Fuß neun Zoll groß ... zuletzt wohnhaft irgendwo in Millbank, Westminster, trägt einen blau-grauen Mantel.»

Es war zu gefährlich, in London zu bleiben, deshalb wandte sich Turpin dem Straßenraub zu. 1735 nahm er Reisenden auf den Landstraßen rund um die Stadt Geld und Schmuck ab. Zwei Jahre später überfiel er mit Hilfe von zwei anderen Straßenräubern mehrere Kutschen.

One of the accomplices was called King. When they stole a horse near Waltham Forest, its owner reported the theft to Richard Bayes, the landlord of an inn. Bayes tracked the horse to another inn, The Red Lion at Whitechapel, outside the city walls of London. There are different reports about what happened next. Some say that Bayes fired the shot that killed King. Turpin escaped to the woods of Essex, where the servant of a forest ranger discovered him. Turpin shot and killed the servant, then looked for a safe place far away from London.

He went north. The famous ride to York in a single night was invented by the writer Ainsworth. To be more exact, he borrowed the story from an earlier book about a highwayman called Nicks. It is said that Nicks rode overnight from Kent to York, where he was seen on the following morning, playing bowls. This gave Nicks a perfect alibi, because no one believed it was possible to cover such a long distance in such a short time.

Turpin made his way to the counties of Lincolnshire and Yorkshire. He took the name John Palmer and claimed to be a horse dealer. He went hunting with fine gentlemen in the country around the river Humber, where his criminal career ended in an unexpected way. He was not caught for highway robbery, but for shooting a tame bird that belonged to another man. When the owner protested, Turpin said: "If you stay here while I reload, I'll shoot you, too!" The

Einer der Komplizen hieß King. Als sie in der Nähe des Forsts von Waltham ein Pferd stahlen, berichtete dessen Besitzer dem Wirt eines Gasthauses, Richard Bayes, von dem Diebstahl. Bayes machte das Pferd bei einem anderen Gasthaus, dem « Red Lion » in Whitechapel vor den Toren Londons, ausfindig. Von dem, was als Nächstes geschah, gibt es unterschiedliche Überlieferungen. Manche sagen, Bayes habe einen tödlichen Schuss auf King abgegeben. Turpin entkam in die Wälder von Essex, wo ihn der Gehilfe eines Försters entdeckte. Turpin erschoss den Gehilfen und suchte sich dann ein sicheres Versteck fern von London.

Er ging nach Norden. Der berühmte Ritt nach York in einer einzigen Nacht ist eine Erfindung des Schriftstellers Ainsworth. Genauer gesagt entnahm er diese Geschichte einem früheren Buch über einen Straßenräuber namens Nicks. Es hieß, Nicks sei in einer Nacht von Kent nach York geritten, wo man ihn am folgenden Morgen beim Bowlingspiel sah. Damit hatte Nicks ein perfektes Alibi, denn niemand hätte es für möglich gehalten, dass man eine so lange Strecke in so kurzer Zeit zurücklegen konnte.

Turpin machte sich auf den Weg in die Grafschaften von Lincolnshire und Yorkshire. Er nahm den Namen John Palmer an und gab sich als Pferdehändler aus. Er ging mit vornehmen Herren in der ländlichen Gegend rund um den Fluss Humber auf die Jagd, wo seine Verbrecherlaufbahn auf unerwartete Weise endete. Er wurde nicht wegen Straßenräuberei gestellt, sondern weil er auf einen zahmen Vogel schoss, der einem anderen Mann gehörte. Als der Besitzer sich beschwerte, sagte Turpin zu ihm: « Wenn Sie hier noch bleiben, während ich nachlade, werde ich Sie

local magistrates investigated him. When they heard that he was suspected of stealing horses and sheep, Turpin was imprisoned in York Castle. He wrote a letter to his brother-in-law, asking for help. The letter was read by the authorities and it became clear that the prisoner John Palmer was in reality the notorious robber and murderer Dick Turpin.

Although Turpin's life is a miserable chronicle of crime and cruelty, the final chapter of the tale adds a little romance. Condemned to death, he was a celebrity. He received many visitors in his prison cell, where he laughed and joked with them. The jailer, it is said, earned 100 pounds by selling drinks. Turpin bought an expensive coat and shoes for the day of his execution. Taken through the streets of York in an open cart, he bowed to the spectators along the route and seemed unbelievably calm. Arriving at the gallows, he chatted to the hangman, then threw himself from the scaffold with the rope around his neck.

auch erschießen!» Die örtlichen Richter forschten nach. Als sie erfuhren, dass Turpin verdächtigt wurde, Pferde und Schafe zu stehlen, ließen sie ihn in die Burg von York einsperren. Er schrieb einen Brief an seinen Schwager, in dem er ihn um Hilfe bat. Dieser Brief wurde von den Behörden gelesen, und es kam heraus, dass der Gefangene John Palmer in Wirklichkeit der berüchtigte Räuber und Mörder Dick Turpin war.

Obwohl Turpins Biografie eine traurige Chronik von Verbrechen und Grausamkeit ist, verleiht das Schlusskapitel dem Ganzen ein wenig Glanz. Zum Tode verurteilt, war er eine Berühmtheit. Er empfing zahlreiche Besucher in seiner Gefängniszelle, wo er mit ihnen lachte und scherzte. Der Wärter soll mit dem Verkauf von Getränken 100 Pfund verdient haben. Turpin kaufte sich einen teuren Mantel und Schuhe für den Tag seiner Hinrichtung. Während er auf einem offenen Karren durch die Straßen von York gefahren wurde, verbeugte er sich vor den Zuschauern am Weg und schien unglaublich gelassen. Am Galgen angekommen, plauderte er kurz mit dem Henker und stürzte sich dann mit dem Strick um den Hals vom Schafott.

The Hawkhurst Gang

Violent smugglers

The Mermaid is one of the oldest and most charming inns in England. It stands in Rye, a historic port in Sussex. Of the original inn, built more than 800 years ago, only the cellars remain. The rest was rebuilt in 1420 after the French attacked Rye and left the town in flames. In the 1730s and 1740s, The Mermaid was the base of the strongest band of smugglers that England has ever known: the Hawkhurst Gang. A tunnel once led north from the cellars to the Old Bell Inn in the next street, where a revolving cupboard was the tunnel exit. In the Giant's Fireplace Bar at The Mermaid, visitors can still see the entrance to a secret passage. However, when the power of the Hawkhurst Gang was greatest, there was no need to move secretly. Officers of the law were afraid of the smugglers, who sat at the windows of the inn smoking pipes, with their pistols in full view on the tables.

In those times, smuggling was a kind of national sport. Taxes on tea, silk, brandy and tobacco were so high that smugglers could make enormous profits. Before tax, a pound of tea cost three pence. After tax, the price was five shillings (sixty pence!). Everybody except the government saved money by using illegal products and benefited

Die Hawkhurst-Bande

Gewalttätige Schmuggler

«The Mermaid» ist einer der ältesten und hübschesten Gasthöfe in England. Er steht in Rye, einer historischen Hafenstadt in Sussex. Von dem ursprünglichen Bau, der vor mehr als 800 Jahren errichtet wurde, sind nur die Kellerräume erhalten. Der Rest wurde 1420 wiederaufgebaut, nachdem die Franzosen Rye überfallen und niedergebrannt hatten. Während der 1730er und 1740er Jahre war «The Mermaid» das Hauptquartier der größten Schmugglerbande, die es in England je gegeben hat: der Hawkhurst-Bande. Von den Kellerräumen führte einst ein Tunnel nordwärts zu dem in einer Nachbarstraße gelegenen Gasthof «Old Bell». Dort befand sich der Tunnelausgang hinter einem drehbaren Schrank. Noch heute können Besucher in der «Giant's Fireplace Bar» des «Mermaid» den Eingang zu einem Geheimgang sehen, aber als die Hawkhurst-Bande auf dem Höhepunkt ihrer Macht war, hatte sie es nicht nötig, sich heimlich zu bewegen. Vertreter des Gesetzes hatten Angst vor den Schmugglern, die Pfeife rauchend an den Fenstern des Gasthofs saßen, ihre Pistolen gut sichtbar auf dem Tisch.

Schmuggelei war damals eine Art Volkssport. Die Steuern auf Tee, Seide, Branntwein und Tabak waren so hoch, dass Schmuggler enorme Gewinne erzielen konnten. Ein Pfund Tee kostete drei Pence vor Steuern. Versteuert betrug der Preis fünf Shilling (sechzig Pence!). Alle Welt, die Regierung ausgenommen, sparte Geld, indem sie illegale Güter kaufte und zum eigenen Vorteil die Gesetze

from breaking the law. There were so many well-armed smugglers that the customs service could not stop their activities. Three quarters of all the tea drunk in England entered the country secretly. Smugglers put brandy on the tables of the rich, and money in the pockets of the poor, their helpers.

The gang started in the village of Hawkhurst in Kent, on a route from the south coast to London, in about 1735 and soon expanded across the south of England. In 1740 a group of soldiers led by their officer Thomas Carswell found 750 kilograms of smuggled tea in a barn. They put it on a cart to take it to the port of Hastings. Thirty men from the Hawkhurst Gang attacked and captured the soldiers, killing Carswell. In 1744, when three ships landed at Pevensey Bay in Sussex, the gang had 200 men, dozens of carts and 500 horses to transport the goods. Their most daring crime took place in Poole, far to the west of the gang's home territory. A government captain had captured a shipload organised by the Hawkhurst Gang and taken the illegal imports to Poole. Here they were stored in the customs house, protected by the guns of a navy ship in the harbour. At low tide the ship was too far from land to protect the customs house. In the middle of the night, the Hawkhurst men broke in and took away one and a half tons of tea. Nobody tried to stop them.

The gang became more and more violent. They terrorised officers of the law and killed people

brach. Es gab so viele schwer bewaffnete Schmuggler, dass die Zöllner deren Tätigkeit nicht unterbinden konnten. Drei Viertel des Tees, der in England getrunken wurde, kamen heimlich ins Land. Die Schmuggler sorgten dafür, dass die Reichen Branntwein auf dem Tisch und die Armen, ihre Helfer, Geld in der Tasche hatten.

Die Bande hatte ihre Anfänge um 1735 in Hawkhurst in Kent, einem Dorf am Weg von der Südküste nach London. Bald breitete sie sich über den gesamten Süden von England aus. 1740 entdeckte ein Trupp Soldaten unter dem Kommando von Thomas Carswell 750 Kilogramm Tee in einer Scheune. Sie packten den Tee auf einen Karren, um ihn in die Hafenstadt Hastings zu bringen. Dreißig Mitglieder der Hawkhurst-Bande überfielen die Soldaten, nahmen sie gefangen und ermordeten Carswell. Als 1744 drei Schiffe in Pevensey Bay in Sussex vor Anker gingen, war die Bande mit 200 Männern, Dutzenden von Lastkarren und 500 Pferden zu Stelle, um die Ladung abzutransportieren. Ihr dreistestes Verbrechen verübten sie in Poole, weit westlich vom Stammrevier der Bande. Ein Kapitän der Regierung hatte eine von der Hawkhurst-Bande organisierte Schiffsladung konfisziert und die illegale Importware nach Poole gebracht, wo sie im Zollhaus gelagert wurde. Dort wurde sie von den Kanonen eines Marineschiffs bewacht, das im Hafen lag. Bei Ebbe war dieses Schiff aber zu weit vom Land entfernt, um das Zollhaus zu schützen. Mitten in der Nacht brach die Bande dort ein und holte sich anderthalb Tonnen Tee. Niemand versuchte, sie aufzuhalten.

Die Bande wurde immer gewalttätiger. Sie terrorisierten Gesetzeshüter und brachten Menschen um, die zu viel

who knew too much about their activities. Little by little, they lost the support of the public. The turning point was the so-called Battle of Goudhurst. In 1747 a brutal criminal named Thomas Kingsmill became leader of the gang. His home village was Goudhurst, not far from Hawkhurst. When an ex-soldier called William Sturt recruited a militia of local residents, Kingsmill was very angry. He said he would burn Goudhurst if Sturt did not disband the militia by eleven o'clock on 21 April. When the hour came, the militia were posted around St Mary's Church. Kingsmill and his men arrived, expecting an easy victory. But the militia opened fire, killing Kingsmill's brother and other smugglers, and defended their positions.

In 1748 the government finally took action against the Hawkhurst Gang. Rewards and pardons were offered to informers. Kingsmill and many of his accomplices were arrested and taken to Newgate Prison in London. At their trial they were condemned to be hanged. When they were carried in a cart to Tyburn, the place of execution, a strong guard went with them. Kingsmill's body was hung in chains for all to see in Goudhurst. Seventy-five members of the gang were transported to the colonies or hanged – seven of them in Chichester, the ancient capital of West Sussex. There, in Broyle Road, to this day the Smugglers' Stone marks the spot where six of the seven were hanged.

über ihr Tun wussten. Ihr Rückhalt in der Bevölkerung ließ allmählich nach. Die sogenannte Schlacht von Goudhurst brachte die Wende. 1747 wurde ein brutaler Verbrecher namens Thomas Kingsmill Anführer der Bande. Er stammte aus dem Dorf Goudhurst unweit von Hawkhurst. Als ein ehemaliger Soldat namens William Sturt eine Miliz aus Ortsbewohnern zusammenstellte, war Kingsmill aufgebracht. Er werde Goudhurst niederbrennen, sagte er, falls Sturt seine Miliz nicht bis zum 21. April um elf Uhr auflöste. Als die Stunde schlug, hatte die Miliz rund um die Kirche von St. Mary's Stellung bezogen. Kingsmill und seine Männer kamen und rechneten mit einem leichten Sieg. Die Miliz eröffnete jedoch das Feuer, tötete Kingsmills Bruder und weitere Schmuggler und verteidigte ihre Stellung.

1748 ging die Regierung schließlich gegen die Hawkhurst-Bande vor. Informanten wurden Belohnungen und Straffreiheit versprochen. Kingsmill und viele seiner Komplizen wurden verhaftet und ins Gefängnis von Newgate in London gebracht. Das Gericht verurteilte sie zum Tod durch den Strang. Als man sie nach Tyburn zur Richtstätte brachte, wurden sie scharf bewacht. Kingsmills mit Ketten gefesselter Leichnam wurde in Goudhurst aufgehängt, wo jedermann ihn sehen konnte. Fünfundsiebzig Bandenmitglieder wurden entweder in die Kolonien gebracht oder gehängt – sieben von ihnen in Chichester, der alten Hauptstadt von West Sussex. Dort markiert noch heute der « Schmugglerstein » in der Broyle Road die Stelle, an der sechs der sieben aufgeknüpft wurden.

The days of the Hawkhurst smugglers ended long ago, but visitors to The Mermaid Hotel in Rye who stayed in the Kingsmill Room could feel their presence even in the twentieth century. In this room stood a rocking chair which was haunted by a female ghost, the wife of George Gray, the founder of the Hawkhurst Gang. Guests who woke up in the middle of the night felt an icy coldness and saw the chair rocking – all by itself. The hotel manager took the chair away, but it is said that four other rooms in The Mermaid still have ghosts.

Die Zeiten der Schmuggler von Hawkhurst sind lange vorbei, aber Gäste des «Mermaid Hotel» in Rye, die im Kingsmill-Zimmer übernachteten, konnten selbst im zwanzigsten Jahrhundert noch ihre Anwesenheit spüren. In diesem Zimmer stand ein Schaukelstuhl, der von einem weiblichen Geist heimgesucht wurde, der Ehefrau von George Gray, dem Gründer der Hawkhurst-Bande. Gäste, die mitten in der Nacht aufwachten, spürten einen eisigen Luftzug und sahen, wie sich der Stuhl bewegte – ganz von allein. Der Hotelbesitzer entfernte diesen Stuhl, aber es heißt, dass es in vier anderen Zimmern des «Mermaid» immer noch spukt.

The Resurrection Men

Medical science and the bodies of criminals

In the crypt of St Bride's Church on Fleet Street in London lies an iron coffin with a mechanism that makes it difficult to open the coffin. About 500 metres to the north-east of St Bride's, at the entrance to the cemetery of St Sepulchre's Church, stands a small stone building with the following words over the door: "Watch house – erected 1791". And in Greyfriars cemetery in Edinburgh there are iron structures like cages over some of the graves. The coffin, the watch house and the cages all exist for the same reason: to stop the activities of body snatchers, also known as "resurrection men", who stole dead bodies and sold them to anatomists.

For the progress of medical science and for teaching students, it was necessary to dissect corpses. However, the traditional Christian belief stated that no one could enter heaven at the Day of Judgement without an intact body. Dissection of humans was therefore not allowed in Britain until the sixteenth century, when four hanged criminals were given each year to the College of Physicians. In the following period, as the number of medical schools increased, more bodies were needed. Gangs made money by selling the corpses of hanged criminals.

Die Auferstehungs-Männer

Die medizinische Forschung und die Leichen von Verbrechern

In der Krypta der Kirche St. Bride's in der Londoner Fleet Street gibt es einen eisernen Sarg mit einem Mechanismus, durch den sich der Sarg nur schwer öffnen lässt. Etwa 500 Meter nordöstlich von St. Bride's, am Eingang zum Friedhof der Kirche St. Sepulchre's, befindet sich ein kleines Steingebäude, über dessen Eingangstür die folgenden Worte stehen: « Wachhaus – erbaut 1791 ». Und auf dem Greyfriars-Friedhof in Edinburgh sind über einigen Gräbern Eisenkonstruktionen errichtet, die wie Käfige aussehen. Der Sarg, das Wachhaus und die Käfige dienten alle demselben Zweck: Um den Aktivitäten von Totenräubern Einhalt zu gebieten, die auch als « Auferstehungs-Männer » bekannt waren, Leichen stahlen und an Anatomen verkauften.

Im Interesse des medizinischen Fortschritts und um Studenten zu unterrichten, war es nötig, Leichen zu sezieren. Doch der christlichen Lehre zufolge konnte niemand am Jüngsten Tag in den Himmel kommen, dessen Körper nicht unversehrt war. Das Sezieren menschlicher Körper war deshalb in Britannien bis ins sechzehnte Jahrhundert verboten, bis dahin wurden jährlich nur vier hingerichtete Verbrecher dem Königlichen Ärztekollegium überlassen. In der Folgezeit nahm die Zahl der medizinischen Fakultäten zu, mehr Leichen wurden benötigt. Banden beschafften gegen Geld die Leichen von gehängten Verbrechern.

In the eighteenth century, more and more crimes were punished by death. According to a law passed by Parliament in 1752, a judge could decide what to do with a corpse: after hanging, it was either displayed in public or dissected. In this way, enough bodies – about 500 per year – were given to anatomists. But in 1788, things changed: the transportation of convicts to Australia began. More and more criminals were transported instead of being hanged. The work of the resurrection men now became essential for the medical schools.

In law, a human body had no owner, so to steal it was not a crime. But to take clothes or other objects from a coffin was theft. Stealing a dead sheep was punished by hanging or transportation, but the punishment for taking a dead human was only a fine, or prison at worst, and usually the authorities turned a blind eye. The biggest danger to the resurrection men came from local people, who often attacked them. They reacted by finding new methods to steal corpses. For example, they dug a hole at the end of the coffin where the head lay. For this, they used wooden spades, which were quieter than metal. They broke into the coffin at the head and pulled out the corpse. Sometimes they gave a bribe to the cemetery watchmen. If the family of the corpse kept watch, the body snatchers could dig a long tunnel and take it without being seen. Often the gang stripped the clothes from the corpse, and in this way stole nothing else from the grave.

Im achtzehnten Jahrhundert wurden immer mehr Verbrechen mit dem Tode bestraft. Das Parlament verabschiedete 1752 ein Gesetz, nach dem der Richter entscheiden konnte, was mit dem Leichnam eines Gehängten geschehen sollte: Er konnte öffentlich zur Schau gestellt oder seziert werden. Auf diese Weise wurde eine ausreichende Zahl von Leichen – etwa 500 pro Jahr – an Anatomen übergeben. Das änderte sich jedoch 1788: Man begann damit, Sträflinge nach Australien zu verschiffen. Anstatt sie aufzuhängen, transportierte man immer mehr Straftäter nach Übersee. Für die medizinischen Fakultäten waren die «Auferstehungs-Männer» nun von größter Wichtigkeit.

Nach dem Gesetz war ein Leichnam niemandes Eigentum, und ihn zu stehlen war kein Verbrechen. Dagegen war es Diebstahl, Kleidung oder andere Gegenstände aus einem Sarg zu entfernen. Wer ein totes Schaf stahl, wurde mit dem Galgen oder Transport in die Kolonien bestraft, aber auf den Diebstahl einer Leiche stand nur eine Geldstrafe oder im schlimmsten Fall Gefängnis, und im Allgemeinen drückten die Behörden ein Auge zu. Die größte Gefahr drohte den «Auferstehungs-Männern» von der Bevölkerung, von der sie oft angegriffen wurden. Sie reagierten darauf, indem sie neue Wege fanden, um an Leichen zu kommen. Beispielsweise gruben sie an dem Ende des Sarges, wo sich der Kopf befand, ein Loch. Dabei benutzten sie hölzerne Spaten, die weniger Geräusche machten als solche aus Metall. Sie öffneten den Sarg am Kopfende und zogen den Toten heraus. Mitunter bestachen sie die Friedhofswärter. Wenn die Familie des Toten Wache hielt, konnte es sein, dass die Leichenräuber einen langen Tunnel gruben. Wenn sie vorsichtig waren, entkleideten sie den Toten und nahmen nur diesen aus dem

They did not want to be hanged for stealing goods.

Some people found an alternative to digging up corpses. In 1828 in Edinburgh, William Burke and William Hare murdered sixteen people and sold the bodies to an anatomist. When they were arrested, it was difficult to prove the murders, as the bodies no longer existed. William Hare accepted an offer of immunity and gave evidence to the court of law. Burke was hanged in front of a large crowd and his corpse was dissected in public in the university. The case of Burke and Hare was so notorious that, three years later, John Bishop's gang in London were called the "Burkists". Bishop and his accomplices killed only three persons, but they took many more from cemeteries: between 500 and 1,000 bodies in twelve years. 30,000 spectators came to watch when Bishop was hanged at Newgate Prison in 1831. His old customers, the anatomists of King's College, were pleased to get his final delivery.

The publicity around these murders in London and Edinburgh led to a change in the law. In 1832 Parliament gave doctors the right to dissect bodies that were donated to them. Most of the corpses came from workhouses, where poor people received a roof over their heads and enough food to stay alive, in return for hard labour. Help for the medical profession no longer came from criminals, but from the poor. The trade in stolen corpses came to an end.

Grab. Sie wollten ja nicht wegen des Diebstahls von Gegenständen gehängt werden.

Manche fanden eine Alternative zum Ausgraben von Toten. In Edinburgh ermordeten William Burke und William Hare im Jahr 1828 sechzehn Menschen und verkauften deren Leichen an einen Anatomen. Als man sie verhaftete, waren ihnen die Morde schwer nachzuweisen, da es die Leichen nicht mehr gab. William Hare ging auf das Angebot, straffrei zu bleiben, ein und sagte vor Gericht aus. Burke wurde im Beisein einer großen Menge gehängt, und sein Leichnam wurde in der Universität öffentlich seziert. Der Fall von Burke und Hare war so berühmt-berüchtigt, dass man drei Jahre später die Bande von John Bishop in London «die Burkisten» nannte. Bishop und seine Komplizen ermordeten nur drei Personen, raubten aber noch viel mehr Leichen von Friedhöfen: zwischen 500 und 1 000 in zwölf Jahren. 30 000 Menschen sahen zu, wie Bishop 1831 im Gefängnis von Newgate aufgehängt wurde. Seine früheren Kunden, die Anatomen des King's College, waren erfreut, ihn selbst als seine letzte Lieferung zu erhalten.

Diese Morde in London und Edinburgh erregten großes Aufsehen, so dass die Gesetze geändert wurden. 1832 gestattete das Parlament Ärzten, Leichen zu sezieren, die ihnen vermacht worden waren. Diese stammten meistens aus Arbeitshäusern, in denen Arme ein Dach über dem Kopf und gerade so viel zu essen bekamen, dass sie am Leben blieben. Im Gegenzug mussten sie dafür hart arbeiten. Hilfe für die Mediziner kam nun nicht mehr von Kriminellen, sondern von den Armen. Der Handel mit geraubten Leichen war damit zu Ende.

Mary Ann the Poisoner

Arsenic and insurance

Mary Ann Cotton is possibly the first Englishwoman who committed a whole series of murders. She was born in the north-east of England in 1832. Her father, a coal miner, died when she was eight years old. Her mother re-married quickly, but Mary Ann hated her stepfather and left home at the age of sixteen. She worked as a nurse and in 1852 married William Mowbray, a labourer. They moved to south-west England where a daughter, Margaret Jane, was born in Cornwall in 1856.

William and Mary Ann moved back to the north-east. Two more daughters and a son were born between 1858 and 1863, but the oldest child, Margaret Jane, died in 1860, and the son died in 1864 from "gastric fever", also called typhoid fever. The symptoms include stomach pain. In 1865 William, too, died from "gastric fever". The family had an insurance policy, so Mary Ann received money for the deaths of her husband and son. In the same year, Mary Ann married George Ward, a patient in the hospital where she worked as a nurse. They had a life insurance policy, and George died suddenly of "English cholera" a year later.

Mary Ann began to work as housekeeper for a widower named James Robinson. When one of

Mary Ann, die Giftmischerin

Arsen und Lebensversicherung

Mary Ann Cotton ist möglicherweise die erste englische Frau, die eine ganze Serie von Morden begangen hat. Sie kam 1832 im Nordosten des Landes zu Welt. Ihr Vater, der in einer Kohlengrube arbeitete, starb, als sie acht Jahre alt war. Ihre Mutter heiratete bald wieder, aber Mary Ann hasste ihren Stiefvater und zog mit sechzehn zuhause aus. Sie arbeitete als Krankenpflegerin und heiratete 1852 den Tagelöhner William Mowbray. Die beiden zogen in den Südwesten Englands, nach Cornwall, wo 1856 ihre Tochter Margaret Jane geboren wurde.

William und Mary Ann kehrten zurück in den Nordosten. Zwei weitere Töchter und ein Sohn kamen zwischen 1858 und 1863 zur Welt, aber das älteste Kind, Margaret Jane, starb 1860, und der Sohn starb 1864 an einem «gastrischen Fieber», auch Typhus genannt. Eins der Symptome sind Magenschmerzen. 1865 starb William ebenfalls an «gastrischem Fieber». Da die Familie eine Versicherung abgeschlossen hatte, erhielt Mary Ann Geld für den Tod ihres Mannes und Sohnes. Noch im selben Jahr heiratete Mary Ann George Ward, einen Patienten des Krankenhauses, in dem sie als Pflegerin arbeitete. Die beiden schlossen eine Lebensversicherung ab, und ein Jahr später starb George plötzlich an der «englischen Cholera».

Mary Ann nahm bei einem Witwer namens James Robinson die Stelle einer Haushälterin an. Als eins von

James's children died of "gastric fever", Mary Ann comforted him. She became pregnant. James married her, and later they had a second child, George. At about this time, Mary Ann's mother died – following a visit from her daughter. Soon two more of James's children and Mary Ann's daughter Isabella died with stomach pains. Mary Ann collected insurance payments, and James became suspicious. He did not take out insurance for himself and George. Instead, he threw Mary Ann out of the house. She was homeless.

Soon Mary Ann made the acquaintance of Frederick Cotton, the brother of her friend Margaret. Frederick was a widower with two children (Frederick Junior and Charles), whom Margaret looked after. After the death of Margaret with stomach trouble in 1870, Frederick and Mary Ann married – a case of bigamy, as she had not divorced James Robinson. Frederick, who had a life insurance policy, died of gastric fever. Three more deaths followed: Frederick Junior; Robert, Mary Ann's son by Frederick Cotton; and a lover of Mary Ann named Joe who had made a will, leaving his money to … guess who?

Now Mary Ann became careless. A pharmacist, Thomas Riley, asked her to nurse a sick woman. She told him that she would send Charles, the surviving son of Frederick Cotton, to live in the workhouse so that she would be free for the nursing job. When this was not possible, she told Riley that Charles's health was not good: "He

James' Kindern an «gastrischem Fieber» starb, spendete sie ihm Trost. Sie wurde schwanger, James heiratete sie, und später bekamen sie noch ein zweites Kind, George. Zu ungefähr derselben Zeit starb Mary Anns Mutter – nach einem Besuch ihrer Tochter. Bald darauf starben zwei weitere von James' Kindern sowie Mary Anns Tochter Isabella, alle mit Magenschmerzen. Mary Ann ließ sich die Versicherungsprämien auszahlen, und James wurde misstrauisch. Er schloss für sich selbst und George keine Lebensversicherung ab. Stattdessen warf er Mary Ann aus dem Haus. Sie war obdachlos.

Bald danach lernte Mary Ann Frederick Cotton kennen, den Bruder ihrer Freundin Margaret. Frederick war Witwer und hatte zwei Kinder (Frederick junior und Charles), um die sich Margaret kümmerte. Nachdem Margaret 1870 an Magenbeschwerden verstorben war, heirateten Frederick und Mary Ann. Es war ein Fall von Bigamie, denn sie war nicht von James Robinson geschieden. Frederick, der eine Lebensversicherung abgeschlossen hatte, starb an gastrischem Fieber. Es folgten drei weitere Todesfälle: Frederick junior; Robert, der Sohn, den Mary Ann mit Frederick Cotton hatte; und ein Geliebter Mary Anns namens Joe, der ein Testament gemacht hatte zu Gunsten von … dreimal dürfen Sie raten.

Mary Ann wurde nun unvorsichtig. Ein Apotheker namens Thomas Riley bat sie, eine kranke Frau zu pflegen. Sie erklärte, sie werde den noch lebenden Sohn Frederick Cottons, Charles, ins Arbeitshaus schicken, so dass sie Zeit hätte für die Krankenpflege. Als das nicht möglich war, sagte sie Riley, dass Charles bei schlechter Gesundheit sei: «Er wird genauso sterben wie die anderen Cot-

will die like the other Cottons." A few days later, Charles was dead. Riley now became suspicious. A doctor examined the body of young Charles, but found nothing. An inquest was held, but the jury decided that Charles had died of natural causes. However, when Mary Ann contacted the insurance office, local newspapers became interested, and the doctor carried out a second examination. This time he found arsenic in Charles's stomach. Other bodies were exhumed, and poison was discovered in them.

In January 1873, Mary Ann gave birth to her thirteenth child, Margaret Edith, in prison in Durham. The identity of the father was not known. Her trial in March attracted great attention in the press. The jury quickly decided that she was guilty and sentenced her to death. Mary Ann was hanged for only one murder, but the total was possibly twenty-one, including three husbands, her mother and eleven of her thirteen children. We will never know the full truth, because at her trial she remained silent, wrote letters protesting that she was innocent, and on 24 March 1873 took her secrets to the grave. Repeating the words "Lord, have mercy on me" over and over again, she climbed the steps to the gallows and died a slow, painful death, because when the hangman opened the trapdoor, Mary Ann fell only two feet – not enough to break her neck and kill her immediately.

tons.» Wenige Tage darauf war Charles tot. Nun schöpfte Riley Verdacht. Ein Arzt untersuchte den Leichnam des jungen Charles, konnte aber nichts finden. Es wurde eine Leichenschau durchgeführt, aber die Geschworenen kamen zu dem Schluss, dass Charles eines natürlichen Todes gestorben sei. Als aber Mary Ann mit der Versicherungsgesellschaft Verbindung aufnahm, begannen Lokalzeitungen sich dafür zu interessieren, und der Arzt führte eine zweite Untersuchung durch. Diesmal fand er Arsen in Charles' Magen. Weitere Leichen wurden exhumiert, und auch in ihnen wurde Gift entdeckt.

Im Januar 1873 gebar Mary Ann im Gefängnis von Durham ihr dreizehntes Kind, Margaret Edith. Wer der Vater war, ist unbekannt. Ihr Prozess im März fand in der Presse große Aufmerksamkeit. Die Geschworenen kamen schnell zu dem Schluss, dass sie schuldig war, und verurteilten sie zum Tode. Mary Ann wurde wegen nur eines Mordes gehängt, aber insgesamt waren es wahrscheinlich einundzwanzig, darunter die an ihren drei Ehemännern, ihrer Mutter und elf ihrer dreizehn Kinder. Die volle Wahrheit werden wir nie erfahren, denn während des Prozesses schwieg sie, schrieb Briefe, in denen sie ihre Unschuld beteuerte, und nahm am 24. März 1873 ihre Geheimnisse mit ins Grab. Sie wiederholte fortwährend die Worte «Herr, sei mir gnädig», als sie die Stufen zum Galgen hinaufstieg, und starb dann einen langsamen, qualvollen Tod, denn als der Henker die Falltür öffnete, fiel Mary Ann nur zwei Fuß tief – nicht genug, um ihr das Genick zu brechen und sie sofort zu töten.

Jack the Ripper

The world's most notorious murders

In ten weeks between 31 August and 9 November 1888, five extremely brutal murders were committed in Whitechapel and Spitalfields, poor areas in the East End of London. The killer was never found, so we do not know his name (or her name? – or their names?). The police and newspapers received hundreds of letters confessing "I did it!" One of them was signed "Jack the Ripper". This became the generally accepted name for the unknown killer. For more than 130 years, the story has fascinated an international audience. The books about Jack the Ripper would fill a library. There are plays, films and comics on the subject. Every day after nightfall tourists go to the scenes of the crimes, where their guides entertain them with gruesome details of the killings.

The first victim was Mary Ann Nichols. She was born in London and married a man named William. After leaving her husband and children, she lived in extreme poverty. She drank heavily and did not have enough money to pay for a room. She fell asleep, drunk, in Durward Street and was found dead in the early hours of the morning of 31 August. The Ripper had made deep cuts to her throat and stomach.

Jack the Ripper

Die berüchtigtsten Morde der Welt

In den zehn Wochen zwischen dem 31. August und dem 9. November 1888 ereigneten sich in Whitechapel und Spitalfields, zwei Armenvierteln im Londoner Osten, fünf überaus brutale Morde. Der Mörder wurde nie gefasst, so dass wir seinen Namen (oder ihren Namen? oder ihre Namen?) nicht kennen. Polizei und Presse erhielten hunderte von Briefen mit dem Bekenntnis «Ich war es!» Einer davon war mit «Jack the Ripper» unterschrieben. Das wurde der allgemein gebräuchliche Name für den unbekannten Mörder. Seit mehr als 130 Jahren fasziniert diese Geschichte ein Publikum in aller Welt. Die Bücher über Jack the Ripper würden eine ganze Bibliothek füllen. Es gibt Theaterstücke, Filme und Comics zu diesem Thema. Jeden Abend, wenn es dunkel wird, suchen Touristen die Orte der Verbrechen auf, und die Fremdenführer unterhalten sie mit grausigen Einzelheiten dieser Morde.

Das erste Opfer war Mary Ann Nichols. Sie stammte aus London und war mit einem Mann namens William verheiratet. Sie verließ ihren Ehemann und die gemeinsamen Kinder und lebte danach in großer Armut. Sie trank und hatte nicht genug Geld, um sich ein Zimmer leisten zu können. Betrunken schlief sie in der Durward Street ein und wurde in den frühen Morgenstunden des 31. August tot aufgefunden. Der Ripper hatte ihr tiefe Schnittwunden an Hals und Bauch zugefügt.

Eight days later, Annie Chapman became the second victim. The daughter of a soldier, she was an alcoholic at an early age, but married a coachman and lived a respectable life in the country until her husband's employer threw her out. For five years she sold flowers and matches in London. In September 1888 she was homeless. Her body was discovered in the place where she slept – a doorway in Hanbury Street. She had two deep cuts to the throat. The murderer had slit open her abdomen, taken out internal organs and placed them on her shoulders.

On 30 September two women were killed in one night. Elizabeth Stride, born in 1843 in Sweden, became pregnant while working as a maid in Göteborg. The child died, and in 1866 she started a new life in London, again as a maid. She lost her job, then married a carpenter. The marriage was unhappy, so she left and earned a little money by begging and prostitution. She often slept on the street – for the last time in a yard near Henriques Street. One long cut across her throat ended her life. She was not mutilated – in contrast to Catherine Eddowes, who had been arrested for drunkenness on the previous afternoon. The police released her at one o'clock in the morning, and later she was found in Mitre Square. The murderer had slit open her stomach and taken out her womb.

The last victim was Mary Jane Kelly. In 1883 she worked in a brothel in the prosperous West End,

Acht Tage darauf wurde Annie Chapman das zweite Opfer. Sie war die Tochter eines Soldaten und wurde schon früh zur Alkoholikerin. Sie heiratete dennoch einen Kutscher und lebte als ehrbare Frau auf dem Land, bis der Dienstherr ihres Mannes sie hinauswarf. Fünf Jahre lang verkaufte sie Blumen und Streichhölzer in London. Im September 1888 wurde sie obdachlos. Man fand ihre Leiche dort, wo sie gewöhnlich schlief: in einer Toreinfahrt in der Hanbury Street. Sie hatte zwei tiefe Schnittwunden am Hals. Der Mörder hatte ihr den Unterleib aufgeschlitzt, innere Organe entnommen und sie auf ihre Schultern gelegt.

Am 30. September wurden zwei Frauen in derselben Nacht ermordet. Elizabeth Stride, 1843 in Schweden geboren, wurde schwanger, während sie in Göteborg als Hausmädchen arbeitete. Das Kind starb, und 1866 fing sie in London ein neues Leben an, wieder als Hausmädchen. Sie verlor ihre Stellung, dann heiratete sie einen Zimmermann, aber es war eine unglückliche Ehe. Sie verließ ihn und verdiente sich ein wenig Geld mit Bettelei und Prostitution. Oft übernachtete sie auf der Straße, zum letzten Mal in einem Hinterhof an der Henriques Street. Ein langer Schnitt durch ihre Kehle beendete ihr Leben. Sie wurde aber nicht verstümmelt – im Gegensatz zu Catherine Eddowes, die am vorherigen Nachmittag wegen Trunkenheit verhaftet worden war. Um ein Uhr früh ließ die Polizei sie laufen, und später fand man sie am Mitre Square. Der Mörder hatte ihren Bauch aufgeschlitzt und ihre Gebärmutter entnommen.

Das letzte Opfer war Mary Jane Kelly. 1883 arbeitete sie in einem Bordell im wohlhabenden West End, wo ihre

where clients took her to expensive restaurants and horse races, but later she fell on hard times and became a prostitute in the poor East End, living in "the worst street in London" : Dorset Street, a dangerous criminal slum. When news of Jack the Ripper's murders caused terror among the women of Whitechapel, Mary Jane took other prostitutes into her room. She wanted to keep her colleagues safe. On the night of 8 to 9 November, however, she was alone. When her body was found, it had been mutilated so much that the face was unrecognisable. The killer took out her inner organs and placed them around the body and the bed. Her heart was missing.

It is generally believed that these five women were killed by the same person. However, the police investigated eleven "Whitechapel murders" that took place between 1888 and 1891. They interviewed over 2,000 people and investigated more than 300 potential suspects. They focussed on butchers and persons with knowledge of anatomy. Whitechapel was the home of the poorest of the poor, including many immigrants from eastern Europe. A review of some suspects reflects this. One of them was Aaron Kosminski, a Polish Jew who worked as a barber. In 1890 he was taken to a workhouse and later to a psychiatric hospital with hallucinations and paranoia. Another was George Chapman, born in Poland as Seweryn Klosowski, who poisoned his three wives and was hanged in 1903. Michael Ostrog, born in Russia in 1833, was a professional trickster and

Freier sie in teure Restaurants und zu Pferderennen ausführten; später geriet sie in Not und wurde Prostituierte im ärmlichen East End, wo sie in «der übelsten Straße Londons» wohnte: der Dorset Street, einem Slum voller gefährlicher Verbrecher. Als die Nachrichten von den Morden Jack the Rippers die Frauen in Whitechapel in Angst und Schrecken versetzten, nahm Mary Jane andere Prostituierte bei sich auf. Sie wollte ihre Kolleginnen schützen. In der Nacht vom 8. auf den 9. November war sie jedoch allein. Als man ihre Leiche entdeckte, war sie derart zugerichtet, dass das Gesicht nicht mehr zu erkennen war. Der Mörder hatte ihre inneren Organe entnommen und rings um den Leichnam und das Bett verteilt. Ihr Herz fehlte.

Man nimmt allgemein an, dass diese fünf Frauen von derselben Person ermordet wurden. Die Polizei untersuchte aber elf «Whitechapel-Morde», die sich zwischen 1888 und 1891 ereigneten. Sie verhörte über 2 000 Personen und stellte bei mehr als 300 Verdächtigen Nachforschungen an. Man konzentrierte sich dabei auf Metzger und Personen mit anatomischen Kenntnissen. In Whitechapel waren die ärmsten der Armen zuhause, darunter viele Einwanderer aus Osteuropa. Dies bestätigt ein Blick auf einige der Verdächtigen. Einer von ihnen war Aaron Kosminski, ein polnischer Jude, der als Barbier arbeitete. 1890 wurde er in ein Arbeitshaus eingewiesen und später in eine psychiatrische Klinik wegen Halluzinationen und Verfolgungswahn. Ein anderer war George Chapman, als Seweryn Klosowski in Polen geboren, der seine drei Ehefrauen vergiftet hatte und 1903 gehängt wurde. Michael Ostrog, 1833 in Russland geboren, war ein gewerbsmäßiger Betrüger und Dieb mit verschiede-

thief who had many identities – he said he had been a surgeon in the Russian navy. By contrast, Montague John Druitt was a respectable Englishman, a qualified lawyer who worked as a schoolteacher. He passed through Whitechapel on the way to visit his mother, and committed suicide soon after the last murder. This seemed suspicious to the police, but Druitt was far away from London at the time of the first murder.

As the cases were never solved, fear of Jack the Ripper continued in the East End for decades. Speculation about his identity was never-ending. Sir Arthur Conan Doyle, author of the Sherlock Holmes stories, was open to the idea that the murderer was a woman: "Jill the Ripper". Some theories were much more extreme. To present a new suspect, if possible a famous person, was a sure way for a writer to make money. Prince Albert Victor, son of the Prince of Wales and grandson of Queen Victoria, was named in a book in 1962. A later version of this story claimed that Albert Victor had an illegitimate child with a shop assistant; that Queen Victoria and the prime minister wanted to cover up this liaison; and that the police and Freemasons murdered everyone who knew the secret. An American writer of best-sellers, Patricia Cornwell, was obsessed with the idea that the artist Walter Sickert was Jack the Ripper. She spent millions of dollars on forensic analyses and reports by art historians – although Sickert was on holiday with his family in Normandy when the murders were committed.

nen Identitäten, der behauptete, er sei in der russischen Marine Schiffsarzt gewesen. Im Gegensatz zu ihm war Montague John Druitt ein unbescholtener Engländer, ein studierter Jurist, der als Lehrer arbeitete. Auf dem Weg zu einem Besuch bei seiner Mutter kam er durch Whitechapel, und kurz nach dem letzten Mord nahm er sich das Leben. Das kam der Polizei verdächtig vor, aber Druitt war weit von London entfernt, als der erste Mord geschah.

Da die Fälle nie aufgeklärt wurden, hielt sich die Angst vor Jack the Ripper noch jahrzehntelang im East End. Es gab endlose Spekulationen über seine Identität. Sir Arthur Conan Doyle, der Autor der Sherlock-Holmes-Geschichten, meinte, dass es sich bei dem Mörder um eine Frau handelte: «Jill the Ripper». Manche Theorien waren noch abenteuerlicher. Einen neuen Verdächtigen zu präsentieren, wenn möglich einen Prominenten, war für Autoren ein bewährtes Mittel, um Geld zu verdienen. Prinz Albert Victor, der Sohn des Prince of Wales und Enkel von Königin Victoria, wurde in einem Buch von 1962 genannt. In einer späteren Fassung dieser Geschichte wurde behauptet, Albert Victor habe mit einer Verkäuferin ein uneheliches Kind gehabt; Königin Victoria und der Premierminister hätten diese Verbindung vertuschen wollen; und die Polizei und die Freimaurer hätten jeden umgebracht, der von dem Geheimnis wusste. Eine amerikanische Bestseller-Autorin, Patricia Cornwell, war besessen von dem Gedanken, der Maler Walter Sickert sei Jack the Ripper. Sie gab Millionen Dollar für gerichtsmedizinische Analysen und Gutachten von Kunsthistorikern aus – obwohl Sickert zur Zeit der Morde mit seiner Familie Urlaub in der Normandie machte.

A book about the victims of Jack the Ripper appeared in 2019: *The Five*, by the historian Hallie Rubenhold. She was shocked that there was not one single book about the women who were killed. It was important to her to record the hopelessness of these women's lives and to correct the long-standing belief that they were all prostitutes – and were therefore seen as "bad women" who should receive no sympathy. Many residents of Whitechapel today dislike the profitable activities of the "Ripper industry", especially the guided tours. In 2020 the street artist Zabou painted a macabre image of the Ripper on a wall next to a pub. The figure had a grinning face and bloody fingers. Two local men covered the picture in white paint and wrote a victim's name over it: Catherine Eddowes. There is now a plan for Zabou to paint a new mural representing the five women.

Ein Buch über die Opfer von Jack the Ripper kam 2019 heraus: « The Five » der Historikerin Hallie Rubenhold. Sie war empört, dass es kein einziges Buch über die Frauen gab, die ermordet wurden. Es war ihr wichtig, das hoffnungslose Dasein dieser Frauen nachzuzeichnen und mit dem alten Irrglauben aufzuräumen, sie seien alle Prostituierte gewesen – und deshalb als « sündige Frauen » angesehen worden, die kein Mitleid verdienten. Viele heutige Einwohner von Whitechapel lehnen die « Ripper-Industrie » ab, insbesondere die Führungen. 2020 malte der Streetart-Künstler Zabou ein makabres Porträt von Jack the Ripper auf eine Mauer neben einem Pub. Es zeigte ein grinsendes Gesicht und blutbeschmierte Hände. Zwei Anwohner übermalten das Bild mit weißer Farbe und schrieben darüber den Namen eines der Opfer: Catherine Eddowes. Es ist jetzt geplant, dass Zabou ein neues Wandgemälde anfertigt, das die fünf Frauen darstellt.

Peter Scott, Cat Burglar

A story for the movies

No, he did not steal cats. A cat burglar is a thief who breaks into houses by climbing walls, jumping from roof to roof and entering through windows at the top of a building. Peter Scott (1931–2013) was athletic, daring and as agile as a cat. He was a criminal celebrity whom the newspapers called "the king of the cat burglars" or "the human fly".

Another nickname was "burglar to the stars", because he specialised in breaking into the homes of famous and extremely rich people to take jewels and art. As an old man, he wrote a letter to a newspaper, *The Daily Telegraph*, containing a list of 100 victims, including Zsa Zsa Gabor, Lauren Bacall, Elizabeth Taylor, Sophia Loren, Maria Callas and the Shah of Iran. He even claimed to have stolen jewels from the Queen Mother and that the authorities had kept this fact secret for security reasons.

Peter Scott felt no guilt about his activities. In 1956 at Dropmore House, the country seat of Viscount Kemsley, an owner of newspapers and coal mines, he looked through a window, saw rich guests at an opulent dinner table and thought that his life's work was to take back some of the wealth that rich people had stolen from the poor.

Peter « die Katze » Scott, Einbrecher

Eine filmreife Geschichte

Nein, er hat keine Katzen gestohlen. Ein « cat burglar » ist ein Dieb, der Fassaden hinaufklettert, von Dach zu Dach springt und durch die Fenster im Obergeschoss in ein Haus einbricht. Peter Scott (1931–2013) war athletisch, waghalsig und gewandt wie eine Katze. Er war eine kriminelle Berühmtheit, und die Zeitungen nannten ihn « den König der Fassadenkletterer » oder auch « die menschliche Fliege ».

Ein anderer Spitzname war « Einbrecher der Stars », denn er war spezialisiert auf Einbrüche bei berühmten und sehr reichen Leuten, deren Schmuck und Kunstgegenstände er stahl. Als alter Mann schrieb er an den « Daily Telegraph » einen Leserbrief, in dem er hundert seiner Opfer auflistete, unter ihnen Zsa Zsa Gabor, Lauren Bacall, Elizabeth Taylor, Sophia Loren, Maria Callas und der Schah von Persien. Er behauptete sogar, er habe der Mutter der Queen Juwelen entwendet, aber die Behörden hätten das aus Sicherheitsgründen geheim gehalten.

Peter Scott hatte wegen seiner Taten keine Gewissensbisse. Als er 1956 an Dropmore House, dem Landsitz von Viscount Kemsley, einem Besitzer von Zeitungen und Kohlengruben, einen Blick durchs Fenster warf und reiche Gäste an einer üppigen Dinnertafel sitzen sah, kam ihm der Gedanke, dass es seine Lebensaufgabe sei, etwas von dem Wohlstand zurückzuholen, den die Reichen den

He liked the idea that ordinary people were on his side when they read about his break-ins in the newspapers. He also enjoyed the thrill of danger – physical danger and the risk of being caught.

Peter Scott was born to a middle-class family in Belfast under the name Peter Craig Gulston. He was highly intelligent, but had no interest in schoolwork. At the age of twelve he started his career as a burglar. When he was finally arrested in 1952, he had (by his own account) broken into 150 homes in high-class areas. He was not caught sooner because he looked like a local resident and spoke like an educated person.

After six months in prison, he changed his name to Scott and moved to London. There he realised that the architecture of houses in the upper-class districts of Mayfair and Belgravia was ideal for burglars. Balconies, porticos and flat roofs made it easy to break in. Even as a middle-aged man, in the 1980s, he could climb over walls and up drainpipes. He chose his targets by reading newspaper columns about high society. Alongside mansions in the rich parts of London, his favourite targets were the grand houses of noble families in the countryside.

Scott made careful preparations. He looked at the terrain, the details of buildings and security (the Shah of Iran, for example, had peacocks in his park instead of guard dogs), then bought a new

armen Leuten gestohlen hätten. Ihm gefiel die Vorstellung, dass die gewöhnlichen Menschen auf seiner Seite wären, wenn sie von seinen Einbrüchen in der Zeitung lasen. Außerdem liebte er den Kitzel der Gefahr – physische Gefahr und das Risiko, erwischt zu werden.

Peter Scott, der eigentlich Peter Craig Gulston hieß, stammte aus einer bürgerlichen Familie in Belfast. Er war hochintelligent, ging aber nicht gerne zur Schule. Seine Laufbahn als Einbrecher begann er im Alter von zwölf Jahren. Als er 1952 schließlich verhaftet wurde, war er (nach eigenen Angaben) in 150 Häuser in vornehmen Gegenden eingebrochen. Er wurde nicht früher gefasst, weil er wie einer der Anwohner aussah und sich gebildet ausdrücken konnte.

Nach sechs Monaten im Gefängnis nahm er den Namen Scott an und zog nach London. Dort entdeckte er, dass die Häuser in Mayfair und Belgravia, den Wohnvierteln der Oberschicht, für Einbrecher wie geschaffen waren. Balkone, Vorbauten und flache Dächer machten das Einbrechen leicht. Auch in fortgeschrittenem Alter, in den 1980er Jahren, konnte er noch über Mauern steigen und an Regenrohren hinaufklettern. Er suchte sich seine Objekte aus, indem er Zeitungsberichte über die oberen Zehntausend las. Neben Villen in den eleganten Vierteln von London waren seine bevorzugten Ziele die großen Häuser vornehmer Familien auf dem Land.

Scott bereitete sich sorgfältig vor. Er sah sich die Umgebung an und die Details von Gebäuden und Sicherungsmaßnahmen (der Schah von Persien zum Beispiel hielt sich in seinem Park Pfauen anstelle von Wachhunden),

suit before each job. He felt more confident when he was well dressed, and a good suit was helpful when somebody saw him. "It's only me!", he called out if this happened, or "Everything is all right, madam" to an old lady who, he wrote, probably thought he was the butler. He stole items worth many millions, but spent the money quickly on fast cars, glamorous girlfriends and divorces from his four wives. For the necklace worth 200,000 pounds that he took from Sophia Loren in 1960 (she was in England for the filming of *The Millionairess*), he received 30,000 pounds and spent every penny in the Palm Beach Casino at Cannes.

Scott's break-ins were not always successful. He went to prison for three years in 1961, five years in 1964 and four years in 1985. In the 1990s, now in his sixties, he claimed to have given up crime. However, the film about Scott's life that appeared in cinemas in 1965 had a prophetic title: *He Who Rides a Tiger*. This refers to an Indian proverb: "He who rides a tiger cannot get off." Scott could not change his nature. In 1997 he joined another veteran cat burglar, George Chatham, to steal Picasso's *Tête de Femme* from a gallery in Mayfair. When the police arrested him, he quoted to them a line from *Invictus* ("undefeated"), a favourite poem of educated criminals: "My head is bloody but unbowed." "He's a likeable rogue," said one of the detectives at the trial, but Scott went to jail again for three and a half years.

und vor jedem Job kaufte er sich einen neuen Anzug. Es gab ihm mehr Selbstvertrauen, wenn er gut gekleidet war, und ein guter Anzug war von Vorteil, wenn er gesehen wurde. «Ich bin's nur!», rief er, als das einmal geschah. Zu einer alten Dame sagte er: «Alles in Ordnung, Madam» – sie hielt ihn wahrscheinlich, so schrieb er später, für den Butler. Er stahl Gegenstände im Wert von mehreren Millionen, gab das Geld aber bald wieder aus für schnelle Autos, extravagante Freundinnen und die Scheidungen von seinen vier Frauen. Für eine Halskette im Wert von 200 000 Pfund, die er Sophia Loren 1960 stahl (sie war gerade in England zu Dreharbeiten für «Die Millionärin»), bekam er 30 000 Pfund, die er bis auf den letzten Penny im Palm Beach Casino in Cannes ausgab.

Scotts Einbrüche waren nicht immer erfolgreich. 1961 kam er für drei Jahre ins Gefängnis, 1964 für fünf und 1985 für vier Jahre. In den 1990er Jahren, als er schon über sechzig war, gab er an, er sei ehrlich geworden. Der Film über Scotts Leben, der 1965 in die Kinos kam, hatte jedoch einen prophetischen Titel: «Wer auf dem Tiger reitet». Das ist eine Anspielung auf das indische Sprichwort: «Wer auf dem Tiger reitet, kann nicht mehr absteigen.» Scott blieb sich treu. 1997 tat er sich mit einem anderen altgedienten Fassadenkletterer, George Chatham, zusammen, um Picassos «Tête de Femme» aus einer Galerie in Mayfair zu stehlen. Als die Polizei ihn verhaftete, zitierte er eine Zeile aus «Invictus» («unbesiegt»), einem bei gebildeten Kriminellen beliebten Gedicht: «Mein Haupt ist blutig, aber ungebeugt.» «Er ist ein liebenswerter Gauner», sagte einer der Kriminalbeamten während des Prozesses, aber Scott kam erneut für dreieinhalb Jahre ins Gefängnis.

During his time behind bars, Scott often worked in the prison garden, and in the last years of his life he looked after the gardens of a church. With debts of almost half a million pounds, he was bankrupt. He travelled around London on his bicycle until his injured knees – a typical problem for cat burglars – made this impossible. He lived from welfare benefits in social housing in a tough area of north London and gave advice to local teenagers about how they should avoid a life of crime.

Während er hinter Gittern saß, arbeitete Scott oft im Gefängnisgarten, und in seinen letzten Lebensjahren kümmerte er sich um die Gartenanlagen einer Kirche. Seine Schulden beliefen sich auf fast eine halbe Million Pfund: Er war bankrott. Er benutzte sein Fahrrad, um durch London zu fahren, bis seine lädierten Knie – ein typisches Problem von Fassadenkletterern – das nicht mehr zuließen. Er lebte von Sozialhilfe in einer Sozialwohnung in einem Armeleuteviertel in Nord-London und half Teenagern aus der Gegend, nicht auf die schiefe Bahn zu geraten.

The Great Train Robbery

The crime of the century

One crime still fascinates the British public, sixty years after it happened on 8 August 1963. More than forty books have been published about the Great Train Robbery, including memoirs by policemen and some of the criminals. There are good reasons for this. The sum stolen was enormous; the robbery was planned and carried out with great efficiency and discipline; and the later lives of the thieves were eventful.

The robbers attacked a Royal Mail train that was travelling overnight from Glasgow to London. The train had twelve carriages containing seventy-two post-office workers who sorted mail during the journey. The carriage directly behind the engine was the "HVP" (high-value packages) carriage. It carried a large amount of money – on a normal night about 300,000 pounds, but on this night, directly after a holiday weekend, more than 2.5 million pounds. The gang of sixteen robbers knew this: they had inside information from a person whose identity is unknown. They manipulated the signals on the rail track to make the train stop at a red light about forty miles north of London at three o'clock in the morning. When the engine driver's assistant got out to see what was wrong, he was overpowered. Two men then

Der Große Postzug-Raub

Das Verbrechen des Jahrhunderts

Noch immer ist das britische Publikum von einem Verbrechen fasziniert, das sich schon vor sechzig Jahren, am 8. August 1963, ereignete. Mehr als vierzig Bücher sind über den Großen Postzug-Raub geschrieben worden, darunter die Memoiren von Polizeibeamten und einigen der Kriminellen. Dafür gibt es gute Gründe. Die geraubte Geldmenge war enorm; der Überfall wurde sehr erfolgreich und mit strenger Disziplin geplant und durchgeführt; und die Diebe führten später ein ereignisreiches Leben.

Die Räuber überfielen einen Zug der Royal Mail, der über Nacht von Glasgow nach London unterwegs war. Der Zug bestand aus zwölf Waggons, in denen zweiundsiebzig Postbeamte während der Fahrt Post sortierten. Der Waggon unmittelbar hinter der Lokomotive war der für «besondere Wertsendungen». Er enthielt große Geldbeträge – 300 000 Pfund im Normalfall, aber in dieser Nacht, der ein Feiertagswochenende vorangegangen war, waren es mehr als zweieinhalb Millionen Pfund. Das war der Bande von sechzehn Räubern bekannt. Sie hatten Insider-Informationen von jemandem, dessen Identität unbekannt geblieben ist. Sie manipulierten die Signale an der Bahnstrecke so, dass der Zug um drei Uhr morgens bei einem roten Signal etwa vierzig Meilen nördlich von London zum Stehen kam. Als der zweite Lokführer ausstieg, um nachzusehen, was da los war, wurde er überwältigt. Dann bestiegen zwei

entered the engine. The driver, Jack Mills, resisted and was hit on the head. The robbers stormed the HVP carriage and overpowered five post-office workers inside it. The engine and the first two carriages were uncoupled from the rest of the train, and Jack Mills was forced to drive them a short distance to Bridego Bridge, where a truck was waiting. It took the gang only about fifteen minutes to unload 120 sacks of money weighing two and a half tonnes and put them in the truck. They drove thirty miles to a small farmhouse that they had bought two months before. They stayed there for a few days and divided the money into sixteen shares. The mail sacks contained 636 packages of money, most of it in one-pound and five-pound notes, some of it in ten-shilling notes.

Five days after the robbery, the police found the truck and two Land Rovers at the farmhouse. Inside the house were sleeping bags, food, empty mail sacks and a board game: to pass the time, the robbers had played Monopoly with the stolen money. They had wiped away most of the fingerprints in the rooms, but forgot to wipe a bottle of ketchup and the Monopoly board. The police also had an informer, a prison inmate who had heard about preparations for the raid. The informer gave them a list of names.

The first man to be arrested, on 14 August, was Roger Cordrey, the electrics specialist who manipulated the rail signals. He rented a garage

Männer die Lok. Als der Lokführer, Jack Mills, Widerstand leistete, erhielt er einen Schlag auf den Kopf. Die Räuber drangen in den Waggon mit den Wertsendungen ein und überwältigten fünf Postbeamte, die dort an der Arbeit waren. Die Lokomotive und die ersten zwei Waggons wurden vom übrigen Zug abgekoppelt, und Jack Mills wurde gezwungen, die kurze Strecke bis zur Bridego Bridge zu fahren, wo ein Lastwagen wartete. Die Bande benötigte nur etwa fünfzehn Minuten, um 120 Geldsäcke, die zweieinhalb Tonnen wogen, auszuladen und in den Lastwagen zu verfrachten. Sie fuhren dreißig Meilen weiter zu einem kleinen Bauernhaus, das sie zwei Monate zuvor gekauft hatten. Dort blieben sie einige Tage und teilten das Geld in sechzehn Anteile. Die Postsäcke hatten 636 Geldbündel enthalten, die meisten aus Ein- und Fünf-Pfund-Scheinen, andere aus Zehn-Shilling-Noten.

Fünf Tage nach dem Überfall fand die Polizei den Lastwagen und zwei Land Rover bei dem Bauernhaus. Im Innern des Hauses lagen Schlafsäcke, Verpflegung, leere Postsäcke und ein Brettspiel: Um sich die Zeit zu vertreiben, hatten die Räuber mit dem gestohlenen Geld Monopoly gespielt. Sie hatten fast überall ihre Fingerabdrücke weggewischt, nur eine Ketchupflasche und das Monopolybrett hatten sie dabei vergessen. Die Polizei hatte außerdem einen Spitzel, einen Gefängnisinsassen, der von Vorbereitungen für den Überfall erfahren hatte. Dieser Spitzel gab der Polizei eine Liste mit Namen.

Als Erster wurde Roger Cordrey am 14. August verhaftet. Er war der Elektriker, der die Eisenbahnsignale manipuliert hatte. Er mietete eine Garage und bezahlte für

and paid for three months in advance with used ten-shilling notes. The garage owner thought this was suspicious, and went to the police. By the end of the year, twelve members of the gang had been arrested. At the trial in 1964, the judge sent them to prison for long periods: thirty years for seven of the men. Four others, including a man who had no part in the robbery but gave shelter to Cordrey, got between twenty and twenty-five years. These prison sentences were longer than the normal period in jail for murderers, and much, much longer than normal for robbery. The judge's harshness had consequences: the three men who were still free had no motivation to give themselves up, and those in prison did their best to escape.

The most famous gang member, Ronald Biggs, played a small part in the robbery. He recruited an engine driver to take the train from the red signal to Bridego Bridge, but this man only knew older locomotives and could not do the job. In 1965 Biggs escaped from prison in London. His accomplices parked a furniture van next to the prison wall and dropped a ladder into the yard. He fled to Paris, then Australia. Interpol was on his trail, so he moved to Rio de Janeiro, because Brazil had no extradition agreement with Britain. When a Brazilian woman gave birth to his son, he had complete immunity. In Rio he openly entertained tourists and journalists at barbecue parties. He later sang on two recordings by the Sex Pistols. In 2001, seventy-one

drei Monate im Voraus mit gebrauchten Zehn-Shilling-Scheinen. Der Garagenbesitzer fand das verdächtig und ging zur Polizei. Bis zum Ende des Jahres hatte man zwölf der Bandenmitglieder verhaftet. Im Gerichtsverfahren von 1964 verurteilte sie der Richter zu langen Haftstrafen: sieben von ihnen zu dreißig Jahren. Vier weitere, darunter ein Mann, der nicht an dem Raub beteiligt war, aber Cordrey Unterschlupf gewährt hatte, erhielten zwischen zwanzig und fünfundzwanzig Jahre. Dieses Strafmaß war höher als die normale Gefängnisstrafe für Mörder und weitaus höher, als es für Raub üblich war. Die Strenge des Richters hatte Folgen: Die drei Männer, die sich noch auf freiem Fuß befanden, sahen keinen Grund, sich freiwillig zu stellen, und die, die im Gefängnis saßen, versuchten mit allen Mitteln auszubrechen.

Das berühmteste Bandenmitglied, Ronald Biggs, hatte bei dem Raub nur eine kleine Rolle gespielt. Er hatte einen Lokführer angeworben, der den Zug von dem roten Signal bis zur Bridego Bridge fahren sollte, aber dieser Mann kannte sich nur mit älteren Lokomotiven aus und konnte den Job nicht machen. 1965 entkam Biggs aus dem Gefängnis in London. Seine Komplizen hatten einen Möbelwagen an der Gefängnismauer geparkt und eine Leiter in den dahinter liegenden Hof gelassen. Biggs floh nach Paris, dann nach Australien. Interpol blieb ihm auf den Fersen, darum ging er nach Rio de Janeiro, denn Brasilien hatte kein Auslieferungsabkommen mit Großbritannien. Als eine Brasilianerin ihm einen Sohn gebar, genoss er vollkommene Immunität. In Rio bewirtete er Touristen und Journalisten ganz unverhohlen bei Grillpartys. Später sang er auf zwei Platten der Sex Pistols. Im Alter von einundsiebzig Jahren

years old and in poor health, Biggs returned to England and served eight years in jail. He died in 2013.

Charlie Wilson managed the gang's finances. In 1964 three men broke into his prison in Birmingham and freed him. He went to Canada, but detectives found him four years later when his wife phoned her parents in England. He was in jail for ten years until 1978, then went to Marbella in Spain and continued his gangster career. Wilson was shot dead in 1990 by a professional killer following an underworld dispute.

Buster Edwards was one of the planners. After the robbery, he took his family to Mexico, where he ran out of money and felt homesick for London. In 1966 he returned to England, spent nine years in prison and later sold flowers at Waterloo Station. He hanged himself in 1994.

The most interesting character was Bruce Reynolds. Starting as a petty thief, he moved up the hierarchy of the London underworld, forming alliances with other criminals. While the police looked for him in 1963, he was living in luxury with his wife and son in central London. Shocked by the long prison sentences given to his friends, in 1964 he fled to Mexico. He moved on to Canada, the south of France, and back to London. When he had no more money, he looked for criminal work. This helped the police to find him. "C'est la vie," he said when they arrested him in

und bei schlechter Gesundheit kehrte Biggs 2001 nach England zurück und verbrachte acht Jahre im Gefängnis. Er starb 2013.

Charlie Wilson war für die Finanzen der Bande zuständig. 1964 brachen drei Männer in sein Gefängnis in Birmingham ein und befreiten ihn. Er ging nach Kanada, aber Kriminalbeamte fanden ihn vier Jahre später, als seine Frau mit ihren Eltern in England telefonierte. Er saß zehn Jahre lang, bis 1978, im Gefängnis und ging dann nach Marbella in Spanien, wo er seine Karriere als Gangster fortsetzte. 1990 wurde er im Zusammenhang mit einem Streit in der Unterwelt von einem Berufskiller erschossen.

Buster Edwards war einer der Planer. Nach dem Raubüberfall zog er mit seiner Familie nach Mexiko, wo ihm das Geld ausging und er Heimweh nach London bekam. 1966 kehrte er nach England zurück, verbrachte neun Jahre in Haft und verkaufte später Blumen am Bahnhof Waterloo. Er erhängte sich 1994.

Die interessanteste Figur war Bruce Reynolds. Nach Anfängen als kleiner Dieb war er in der Hierarchie der Londoner Unterwelt aufgestiegen und hatte sich mit anderen Kriminellen zusammengetan. Während die Polizei 1963 nach ihm fahndete, führte er mit Frau und Sohn ein luxuriöses Leben in der Londoner Innenstadt. Entsetzt über die langen Haftstrafen, die seine Freunde erhalten hatten, flüchtete er 1964 nach Mexiko. Er zog weiter nach Kanada, dann nach Südfrankreich und zurück nach London. Als er kein Geld mehr hatte, sah er sich nach krimineller Arbeit um. Das half der Polizei, ihn aufzuspüren. « C'est la vie », sagte er, als sie ihn 1968 verhafteten. Während

1968. He educated himself during his ten years in prison, and later wrote *The Autobiography of a Thief*. Reynolds died in 2013.

Some detectives and writers speculated that the mastermind behind the Great Train Robbery was Billy Hill, London's top gangster in the 1950s, but most believe that Bruce Reynolds was the "brains". He wanted to do something as spectacular as the Brink's robbery in Boston in 1950, the biggest in the United States at that time. Many years later, Reynolds said that some aspects of the Great Train Robbery would always remain secret. One item, however, can be seen by everybody: the Monopoly board is on show in the Thames Valley Police Museum.

der zehn Jahre im Gefängnis bildete er sich weiter und schrieb später «Die Autobiografie eines Diebes». Reynolds starb 2013.

Einige Kriminalisten und Autoren haben die Vermutung geäußert, der Drahtzieher hinter dem Großen Postzug-Raub sei Billy Hill gewesen, in den 1950er Jahren der führende Ganove in London, aber die meisten glauben, dass Bruce Reynolds der «Kopf» war. Er wollte etwas vollbringen, das ähnlich spektakulär war wie der Einbruch von 1950 bei Brink's in Boston, das größte «Ding» in den Vereinigten Staaten dieser Zeit. Viele Jahre später sagte Reynolds einmal, dass manches an dem Großen Postzug-Raub für alle Zeit ein Geheimnis bleiben werde. Eins aber ist allen zugänglich: Das Monopolybrett ist im Museum der Thames Valley Police ausgestellt.

Shirley Pitts, Queen of Thieves

"Gone Shopping"

Gone Shopping is the title of a biography of the shoplifter Shirley Pitts, who died in 1992 at the age of fifty-seven. When Pitts knew that her breast cancer was terminal, she told the story of her life to a researcher on crime. It is a story of sadness mixed with glamour.

Pitts came from a poor family in south London. Her father was a career criminal who died in prison in 1962. One brother was a bank robber, another a kidnapper. Her mother, an alcoholic, was unable to look after the children. During the Second World War, a time of shortages, shoppers needed a ration book when they wanted to buy food. At the age of seven Shirley began stealing bread and milk for herself and her five hungry siblings because her mother had sold their ration books.

Later Shirley learned the tricks of shoplifting from a well-known London gang called the Forty Thieves. She had a talent for disguising her appearance, for example by wearing different wigs. She also wore wide skirts and hid stolen goods beneath them. She concentrated on high-class stores in the West End such as Harrods, Selfridges and Harvey Nichols, where she could steal expensive clothes. When stores began to

Shirley Pitts, Königin der Diebe

«Bin einkaufen gegangen»

«Gone Shopping» («Bin einkaufen gegangen») ist der Titel einer Biografie der Ladendiebin Shirley Pitts, die 1992 im Alter von 57 Jahren starb. Als Pitts erfuhr, dass sie unheilbar an Brustkrebs erkrankt war, erzählte sie einer Kriminologin ihre Lebensgeschichte. Darin mischen sich Trauriges und Glanzvolles.

Pitts stammte aus einer armen Familie im Süden Londons. Ihr Vater war ein Berufskrimineller, der 1962 im Gefängnis starb. Einer ihrer Brüder war Bankräuber, ein anderer ein Kidnapper. Ihre Mutter war Alkoholikerin und unfähig, sich um ihre Kinder zu kümmern. Während des Zweiten Weltkriegs, als Mangel herrschte, brauchte man Lebensmittelkarten, wenn man zu essen einkaufen wollte. Im Alter von sieben Jahren fing Shirley an, Brot und Milch für sich selbst und ihre fünf hungrigen Geschwister zu stehlen, da ihre Mutter die Lebensmittelkarten verkauft hatte.

Später lernte Shirley von einer bekannten Londoner Bande namens «Die vierzig Diebe» die Tricks des Ladendiebstahls. Sie war geschickt im Verändern ihres Aussehens, zum Beispiel mit verschiedenen Perücken. Auch trug sie weite Röcke, unter denen sie gestohlene Waren versteckte. Sie konzentrierte sich auf teure Kaufhäuser im West End wie etwa Harrods, Selfridges und Harvey Nichols, wo sie teure Kleidung stehlen konnte. Als Kaufhäuser damit begannen, elektronische Sicherungssysteme einzu-

install electronic security systems, she carried shopping bags lined with metal foil so that the stolen goods could not be detected.

Thanks to her energy and skill, Shirley was so successful that, while still a young woman, she organised whole teams of thieves. They operated all over England and sometimes made expeditions abroad, for example to Paris and Geneva. Here they found the exclusive clothes that Shirley could sell for a good price, and also liked to wear herself. She was a beautiful and stylish woman, with an eye for the best fashion. Shirley liked to show herself in a fur coat and drink champagne, but she had known hard times and did not expect that her good luck would be permanent. Store detectives caught her from time to time, and she went to prison – but a total of only three years behind bars during decades of illegal activity shows that she was good at her job.

Shirley's expensive funeral showed that the criminal scene respected her. She was buried in a dress by the designer Zandra Rhodes that cost 5,000 pounds and, it was said, had not been stolen. The flowers were spectacular: a display in the shape of a Harrods shopping bag and a second one, two metres long, with the words "Gone Shopping".

führen, nahm sie Einkaufstaschen mit, die mit Metallfolie ausgeschlagen waren, so dass die gestohlenen Objekte nicht zu entdecken waren.

Shirley war dank ihrer Energie und Geschicklichkeit so erfolgreich, dass sie schon als junge Frau ganze Teams von Dieben organisierte. Sie waren überall in England tätig und unternahmen manchmal Ausflüge ins Ausland, zum Beispiel nach Paris und Genf. Dort fanden sie die exklusiven Kleidungsstücke, die Shirley zu einem guten Preis verkaufen konnte, aber auch gerne selber trug. Sie war eine gut aussehende, elegante Frau mit einem Blick für die schönste Mode. Shirley liebte es, sich Champagner trinkend in einem Pelzmantel zu zeigen, aber sie hatte schlechte Zeiten hinter sich und wusste, dass ihr Glück nicht von Dauer sein würde. Von Zeit zu Zeit wurde sie von Kaufhausdetektiven erwischt und kam ins Gefängnis – aber dass sie in der langen Zeit ihres illegalen Treibens insgesamt nur drei Jahre hinter Gittern zubrachte, zeigt, dass sie ihr Handwerk verstand.

Shirleys aufwendige Beerdigung bewies, dass sie in kriminellen Kreisen großes Ansehen genoss. Sie wurde in einem Kleid der Modeschöpferin Zandra Rhodes beigesetzt, das 5 000 Pfund gekostet hatte und, wie es hieß, nicht gestohlen war. Die Blumendekoration war sehenswert: Ein Gebinde in der Form einer Einkaufstüte von Harrods und ein zweites, zwei Meter langes mit den Worten «Bin einkaufen gegangen».

The Kray Twins

London's most infamous gangsters

On the evening of 8 March 1966, in a nightclub in south London, a shoot-out took place between the Richardson gang and the Kray Twins' gang. One of the Krays' men was killed. Most of the Richardson gang were arrested, but one of them, George Cornell, had not been present at the fight and was free to visit a wounded gang member in Whitechapel Hospital the following day. Whitechapel was in the East End of London – the Krays' territory. Cornell walked from the hospital to a pub called The Blind Beggar. Ronnie Kray was drinking in another pub nearby when he heard of this. Taking an assistant, immediately he went to The Blind Beggar and walked up to Cornell, who was standing at the bar.

"Well, look who's here!", said Cornell. Kray drew a revolver and shot him in the head. Kray's assistant fired into the air as a warning to the shocked guests in the pub: "You haven't seen anything!" The jukebox was playing an evergreen hit by the Walker Brothers. Hit by a bullet, it played the words of the song title, over and over again, as Kray walked out: "The Sun Ain't Gonna Shine Any More". For Cornell, this was true: he died a few hours later. It was also true that nobody had seen anything. Fear of the Krays was so great that the police found no

Die Kray-Zwillinge

Londons berüchtigtste Gangster

Am Abend des 8. März 1966 kam es in einem Nachtklub im Süden Londons zu einem Schusswechsel zwischen der Richardson-Bande und der Gang der Kray-Zwillinge. Einer der Männer der Krays wurde getötet. Die meisten der Richardson-Gang wurden verhaftet, aber einer von ihnen, George Cornell, war an der Schießerei nicht beteiligt und konnte am folgenden Tag als freier Mann ein verwundetes Bandenmitglied im Krankenhaus von Whitechapel besuchen. Whitechapel liegt im Londoner East End, dem Revier der Krays. Cornell ging nach dem Krankenbesuch in den Pub «Zum blinden Bettler». Das kam Ronnie Kray zu Ohren, der gerade in einem anderen Pub in der Nähe etwas trank. Zusammen mit einem Kumpan begab er sich unverzüglich in den «Blinden Bettler» und ging auf Cornell zu, der an der Theke stand.

«Nanu, wen haben wir denn da?», sagte Cornell. Kray zog einen Revolver und schoss ihm in den Kopf. Krays Kumpan schoss in die Luft, als Warnung für die erschrockenen Gäste der Kneipe: «Ihr habt nichts gesehen!» Die Jukebox spielte gerade einen Schlager der Walker Brothers. Von einer Kugel getroffen, wiederholte der Automat, während Kray hinausging, immer wieder die Worte «The sun ain't gonna shine any more» («Die Sonne wird nie mehr scheinen»). Für Cornell bewahrheitete sich das: Er starb wenige Stunden später. Es bewahrheitete sich auch, dass niemand etwas gesehen haben wollte. Die Angst vor den Krays war so groß, dass die Polizei

witnesses. However, this was the beginning of the end for London's most notorious gangsters.

The Kray twins, Ronnie and Reggie, were born in 1933 and grew up in a tough district, Bethnal Green. Thanks to the influence of their grandfather, who was a boxer, the twins were hard fighters when they were called to military service in 1952. Their time in the army was marked by fighting and vandalism, court martials, periods in prison and violence against guards – a useful apprenticeship for their later careers.

Leaving the army with dishonour, the twins bought a snooker club in east London. It was their base for crime. Those who did not pay for "protection" could expect violence or a fire at their business address. In this way and through robbery, they built up a business empire. Ronnie Kray was imprisoned in 1960, but this did not stop their expansion. Ronnie later wrote in his autobiography that they were the rulers of London in the Swinging Sixties.

The Krays' West End nightclubs and connections to famous people made them feel untouchable. In 1960 gambling was legalised in Britain. When prominent people lost large sums of money at the roulette tables, or made themselves open to blackmail by accepting sexual services, the Krays had power over them. Their older brother Charlie was the business manager. To present a respectable façade, they recruited an aristocrat, the Earl of

keine Zeugen ermitteln konnte. Das war aber auch der Anfang vom Ende der berüchtigtsten Gangster von London.

Die Kray-Zwillinge Ronnie und Reggie wurden 1933 geboren und wuchsen in Bethnal Green, einem verrufenen Stadtbezirk, auf. Ihr Großvater war ein Boxer, und ihm hatten es die Zwillinge zu verdanken, dass sie harte Kämpfer waren, als sie 1952 zum Militärdienst einberufen wurden. Ihre Zeit in der Armee war gekennzeichnet von Schlägereien, Vandalismus, Militärgerichtsverfahren, Zeiten hinter Gittern und Gewalt gegen Wachpersonal – eine nützliche Vorbereitung auf ihre spätere Laufbahn.

Die Zwillinge wurden unehrenhaft aus der Armee entlassen und kauften einen Snooker-Klub im Osten Londons. Der wurde zur Ausgangsbasis ihrer Straftaten. Wer kein «Schutzgeld» zahlen wollte, musste mit Gewalt rechnen oder mit einem Brand in seinen Geschäftsräumen. Auf diese Weise und mit Raubtaten bauten sie ein Wirtschaftsimperium auf. Ronnie Kray kam 1960 in Haft, aber das hinderte sie nicht daran, sich zu vergrößern. In seiner Autobiografie schrieb Ronnie später, sie seien während der «Swinging Sixties» die Herrscher von London gewesen.

Die Nachtklubs der Krays im West End und ihre Beziehungen zu berühmten Leuten gaben ihnen ein Gefühl der Unantastbarkeit. 1960 wurde das Glücksspiel in Großbritannien legalisiert. Wenn Prominente beim Roulette große Summen verloren oder sich erpressbar machten, indem sie sexuelle Angebote akzeptierten, bekamen die Krays Macht über sie. Ihr älterer Bruder Charlie führte die Geschäfte. Um sich eine ehrbare Fassade zu geben, warben sie einen Aristokraten, den Earl of Effingham,

Effingham, as director of the company that owned the clubs. Reggie and Ronnie were the well-dressed, smiling public face of "The Firm", as they called themselves. They entertained politicians and show-business stars such as Judy Garland, Frank Sinatra, Peter Sellars and George Raft at their club in the exclusive Knightsbridge district.

Ronnie, who was bisexual, had affairs with two well-known politicians: Lord Boothby of the Conservative Party and Tom Driberg, a member of Parliament for the Labour Party. Homosexual activity was still illegal in Britain at this time. When a newspaper planned to expose the affairs, powerful people hushed up the scandal. The newspaper had to pay a large sum to Boothby, even though the story was true. Neither the Conservative nor the Labour Party put pressure on Scotland Yard to break up the Krays' criminal empire. Police investigations met a wall of silence.

The twins became overconfident. In 1966 they helped an extremely dangerous criminal, Frank Mitchell the "Mad Axeman", to escape from Dartmoor Prison. It was impossible to control Mitchell, so the Krays arranged his murder. Then Ronnie killed George Cornell in The Blind Beggar. And at a party in 1967, Reggie murdered Jack "The Hat" McVitie with a knife. Many underworld figures witnessed the murder and thought McVitie did not deserve it (he had accepted 500 pounds to kill the Krays' financial advisor, but did not carry out the job).

als Direktor der Gesellschaft an, der die Klubs gehörten. Reggie und Ronnie waren das gut gekleidete, lächelnde Aushängeschild der « Firma », wie sie sich nannten. Sie bewirteten Politiker und Stars aus dem Showgeschäft wie Judy Garland, Frank Sinatra, Peter Sellars und George Raft in ihrem Klub im exklusiven Viertel von Knightsbridge.

Ronnie, der bisexuell war, hatte Affären mit zwei bekannten Politikern: Lord Boothby von der Konservativen Partei und Tom Driberg, der für die Labour-Partei im Parlament saß. Homosexualität war zu dieser Zeit in Großbritannien noch strafbar. Als eine Zeitung diese Affären publik machen wollte, vertuschten einflussreiche Personen den Skandal. Die Zeitung musste Boothby einen großen Betrag zahlen, obwohl die Geschichte zutraf. Weder die Konservative Partei noch Labour drängten Scotland Yard dazu, das kriminelle Imperium der Krays zu zerschlagen. Polizeiliche Nachforschungen stießen auf eine Mauer des Schweigens.

Die Zwillinge wurden allzu selbstsicher. 1966 halfen sie einem äußerst gefährlichen Verbrecher, Frank Mitchell, dem « Verrückten mit der Axt », aus dem Zuchthaus von Dartmoor zu entkommen. Es erwies sich als unmöglich, Mitchell in Schach zu halten, deshalb ließen die Brüder ihn umbringen. Dann tötete Ronnie George Cornell im « Blinden Bettler ». Und während einer Party 1967 erstach Reggie Jack « der Hut » McVitie. Viele Unterweltler waren anwesend, als dieser Mord geschah, und fanden, dass McVitie das nicht verdient habe (er hatte 500 Pfund angenommen, um den Finanzberater der Krays umzubringen, aber die Tat nicht ausgeführt).

An energetic detective from Scotland Yard, Leonard Read, now led the investigations against the Krays. The wall of silence started to crumble. Read collected evidence about murders, robberies and blackmail, then made his move. Ronnie, Reggie and many members of the gang were arrested, held separately so that they could not communicate with each other, and interrogated. Shorter prison sentences were offered to those who cooperated. The twins wanted their associates to confess to the murders, but this plan was not successful. Both were sentenced to imprisonment for life, with a minimum of thirty years.

Ronnie was later diagnosed with paranoid schizophrenia. He spent the last years of his life in Broadmoor Prison, which specialises in patients with mental problems. While behind bars he married and was divorced twice. The twins were allowed to leave prison for the day of their mother's funeral in 1982, and a campaign was organised for their permanent release. In 1993 several hundred people demonstrated in Hyde Park and marched to Downing Street, taking a petition with 10,000 signatures. The Krays' supporters said that the streets had been safer for the public when they ruled the East End, because their violence was directed exclusively against other criminals. However, the government and legal system did not accept these arguments, as the twins were violent towards other prisoners and, while in jail, operated a dubious company that provided bodyguards and "protection" for film stars and entertainers.

Ein ehrgeiziger Kriminalist von Scotland Yard, Leonard Read, leitete nun die Untersuchungen gegen die Krays. Die Mauer des Schweigens begann zu bröckeln. Read sammelte Beweismaterial für Morde, Raubüberfälle und Erpressung und schlug dann zu. Ronnie, Reggie und weitere Bandenmitglieder wurden festgenommen, getrennt eingesperrt, so dass sie nicht miteinander kommunizieren konnten, und verhört. Den Kooperationswilligen wurden verkürzte Haftstrafen versprochen. Die Zwillinge wollten, dass ihre Komplizen die Morde auf sich nahmen, aber dieser Plan ging nicht auf. Beide bekamen «lebenslänglich» mit einer Mindest-Haftdauer von dreißig Jahren.

Bei Ronnie wurde später paranoide Schizophrenie diagnostiziert. Er verbrachte seine letzten Lebensjahre in Broadmoor, einem Gefängnis speziell für psychisch Kranke. Während er einsaß, heiratete er zweimal und ließ sich wieder scheiden. Man gestattete den Zwillingen, das Gefängnis am Tag der Beerdigung ihrer Mutter 1982 zu verlassen, und es wurde eine Kampagne für ihre dauerhafte Entlassung gestartet. 1993 demonstrierten mehrere hundert Personen im Hyde Park und brachten eine Petition mit 10 000 Unterschriften in die Downing Street. Leute, die für die Krays Partei ergriffen, sagten, die Straßen seien sicherer gewesen, so lange sie das East End beherrschten, denn ihre Gewalttätigkeit habe sich ausschließlich gegen andere Kriminelle gerichtet. Regierung und Justiz akzeptierten diese Argumente aber nicht, da die beiden Gewalt gegen andere Gefangene ausübten und vom Gefängnis aus eine zwielichtige Firma leiteten, die Leibwächter und «Schutz» für Filmstars und Unterhaltungskünstler anbot.

Ronnie had a heart attack and died in prison in 1995. Reggie, who also wrote an autobiography and claimed to be a born-again Christian, outlived him by five years and was released from prison a few weeks before he died from cancer.

Ronnie erlitt einen Herzinfarkt und starb 1995 im Gefängnis. Reggie, der auch eine Autobiografie verfasste und behauptete, ein wiedergeborener Christ zu sein, überlebte ihn um fünf Jahre und wurde einige Wochen, bevor er an Krebs starb, aus der Haft entlassen.

Harold Shipman

Doctor and mass murderer

The serial killer with the largest number of victims in English history was a doctor of medicine. Nobody knows how many patients Harold Shipman murdered. An official report written in 2002 identified 215 victims, but it is possible that the real number was over 250.

Shipman was born in Nottingham in 1946. His mother, whom he loved very much, died when he was seventeen. She had cancer, and her doctor visited her at home to give the pain-killer morphine in her final weeks. Shipman married while studying at the Leeds School of Medicine, and had four children. He worked at a hospital in south Yorkshire and in 1974 became a general practitioner (GP) at a medical centre in Todmorden, a small town on the border between Lancashire and Yorkshire (by the way: although the name of this town is too awful to be true for speakers of German, to the English it does not sound unpleasant).

In 1975 a pharmacist called the police because Shipman was ordering great quantities of the pain-killer pethidine, an opioid. A detective found that Shipman had prescribed pethidine for seventy patients – but they never received the drug. Shipman was addicted to pethidine and

Harold Shipman

Arzt und Massenmörder

Der Serienmörder mit den meisten Opfern in der englischen Geschichte war ein Doktor der Medizin. Niemand weiß, wie viele seiner Patienten Harold Shipman umgebracht hat. Ein amtlicher Bericht von 2002 nannte 215 Opfer, aber es ist möglich, dass es in Wahrheit mehr als 250 waren.

Shipman kam 1946 in Nottingham zur Welt. Seine Mutter, die er sehr liebte, starb, als er siebzehn war. Sie hatte Krebs, und ihr Arzt besuchte sie in den letzten Wochen ihres Lebens zuhause, um ihr das Schmerzmittel Morphium zu verabreichen. Shipman heiratete, während er noch Student an der medizinischen Fakultät in Leeds war, und hatte vier Kinder. Er arbeitete an einem Krankenhaus in Süd-Yorkshire und ließ sich 1974 als praktischer Arzt in einem Ärztezentrum in Todmorden nieder, einer Kleinstadt an der Grenze zwischen Lancashire und Yorkshire. (Nebenbei bemerkt: Sprechern des Deutschen erscheint der Name dieses Ortes zu makaber, um echt zu sein, aber für Engländer klingt er keineswegs unschön.)

1975 benachrichtigte ein Apotheker die Polizei, weil Shipman große Mengen des Schmerzmittels Pethidin, eines Opioids, bestellt hatte. Ein Kriminalbeamter fand heraus, dass Shipman siebzig Patienten Pethidin verordnet hatte – das diese aber nie erhielten. Shipman war Pethidin-süchtig und hatte es für sich

had ordered it for himself. He lost his job, but the disciplinary committee for doctors allowed him to continue his career in medicine when he promised that he would not work as a GP again.

However, only two years later he had a job as a GP in Hyde, a town to the east of Manchester. Here he gained an excellent reputation. Colleagues and patients said he was hard-working and trustworthy. He often visited patients in their homes. Many years passed before people suspected that Shipman was a killer. In 1998 two colleagues and an undertaker noticed the high death rate among Shipman's patients. They contacted the police, who could find no evidence of criminal activity. Then a lawyer, Angela Woodruff, was suspicious about the death of her mother, Kathleen. After a visit by Shipman, Kathleen was found dead at home. On her death certificate Shipman wrote "old age" as the cause. Kathleen's will excluded Angela and her children, but left almost 400,000 pounds to Shipman. The body was exhumed. It contained diamorphine – a medical name for heroin. In Shipman's home the police found jewellery and an old typewriter, which had been used to write the will.

The police widened their investigations. They found that Shipman had given fatal doses of diamorphine to patients, mostly older women. He then falsified their medical records to give a cause of death. In January 2000 a jury found Shipman

selber bestellt. Er verlor seine Anstellung, aber die Ärztekammer gestattete ihm, weiter zu praktizieren, wenn er versprach, nicht mehr als Hausarzt tätig zu sein.

Schon nach zwei Jahren war er jedoch praktischer Arzt in Hyde, einer Stadt östlich von Manchester. Dort erwarb er sich einen ausgezeichneten Ruf. Kollegen wie Patienten bezeichneten ihn als fleißig und vertrauenswürdig. Er machte häufig Hausbesuche bei seinen Patienten. Es vergingen viele Jahre, bevor der Verdacht aufkam, dass Shipman ein Mörder war. 1998 fiel zwei Kollegen und einem Bestattungsunternehmer die hohe Sterblichkeitsrate bei Shipmans Patienten auf. Sie benachrichtigten die Polizei, die aber keine Indizien für ein Verbrechen finden konnte. Dann schöpfte eine Rechtsanwältin, Angela Woodruff, Verdacht aufgrund des Todes ihrer Mutter Kathleen. Diese war nach einem Besuch Shipmans tot in ihrer Wohnung aufgefunden worden. Als Todesursache hatte Shipman auf dem Totenschein «hohes Alter» angegeben. Kathleen erwähnte in ihrem Testament weder Angela noch deren Kinder, aber sie hinterließ Shipman fast 400 000 Pfund. Ihre Leiche wurde exhumiert. Man entdeckte Diamorphin, eine medizinische Bezeichnung für Heroin. In Shipmans Haus fand die Polizei Schmuck und eine alte Schreibmaschine, auf der das Testament geschrieben worden war.

Die Polizei dehnte ihre Nachforschungen aus. Man fand heraus, dass Shipman Patienten, meist älteren Frauen, tödliche Dosen von Diamorphin verabreicht hatte. Er hatte dann ihre ärztlichen Unterlagen gefälscht, um ihren Tod zu begründen. Im Januar 2000 sprach ein Schwur-

guilty of fifteen murders. The police believed that there were many, many more victims, but these fifteen were enough for a trial. The judge sentenced Harold Shipman to imprisonment for life. Four years later, he hanged himself in his prison cell. As he never admitted his guilt, the exact reasons for his crimes cannot be known. The jewellery that he took from patients was not valuable. The case of Kathleen Woodruff was the only time that he faked a will. Perhaps he was preparing for retirement. The reasons for his actions must lie in his psychology. A connection with the death of his own mother seems likely. Detectives reported that he was extremely arrogant. Perhaps he enjoyed having the power to give life or death.

gericht Shipman wegen Mordes in fünfzehn Fällen schuldig. Die Polizei war davon überzeugt, dass es noch weit mehr Opfer gegeben hatte, aber diese fünfzehn waren ausreichend für einen Prozess. Der Richter verurteilte Harold Shipman zu lebenslanger Haft. Vier Jahre später erhängte er sich in seiner Zelle. Da er seine Schuld nie eingestanden hat, sind die genauen Gründe für seine Verbrechen unbekannt. Der Schmuck, den er Patientinnen abgenommen hatte, war ohne großen Wert. Nur im Fall von Kathleen Woodruff hatte er ein Testament gefälscht. Vielleicht hatte er für den Ruhestand vorsorgen wollen. Die Motive für seine Taten müssen in seiner Psyche gelegen haben. Eine Verbindung zum Tod seiner Mutter ist wahrscheinlich. Kriminalbeamte beschrieben ihn als äußerst arrogant. Vielleicht genoss er seine Macht, über Leben und Tod entscheiden zu können.

Myra Hindley and Rose West

The "most evil women in Britain"

The following story is not for the squeamish. It is about two heartless women who met in prison and had a love affair. They had both taken part in cruel multiple murders with their male partners. In 1966 Myra Hindley went to prison for life for her part in crimes that shocked the country. In 1995 Rose West was found guilty of ten murders and sentenced to jail for life. Normally, prisoners who receive a life sentence do not die behind bars. However, the judicial system decided that for Hindley and West, "life means life" – for the first time in the case of female prisoners.

Myra Hindley was born in 1942. When working as a secretary in Manchester in 1961, she fell in love with a colleague, Ian Brady. The couple read literature about crime and thought about robbing a bank, but never carried out this plan. Then Ian Brady became obsessed with the idea of committing the perfect murder. In July 1963 they killed their first victim, sixteen-year-old Pauline Reade. She was walking to a dance when Hindley stopped her car and persuaded Pauline to get inside. Hindley drove Pauline to Saddleworth Moor, a lonely upland area to the east of Manchester, with Brady following on his motorbike. He raped Pauline, killed her with a knife and buried her body

Myra Hindley und Rose West

Die «verworfensten Frauen in England»

Die folgende Geschichte ist nichts für Zartbesaitete. Sie handelt von zwei gefühllosen Frauen, die sich im Gefängnis kennenlernten und eine Liebesbeziehung eingingen. Beide hatten mit ihren männlichen Partnern zahlreiche grausame Morde begangen. 1966 kam Myra Hindley auf Lebenszeit hinter Gitter für ihren Anteil an Verbrechen, die im ganzen Land Entsetzen ausgelöst hatten. Rose West wurde 1995 des zehnfachen Mordes schuldig gesprochen und zu lebenslanger Haft verurteilt. Gefangene, die «lebenslänglich» bekommen, sterben normalerweise nicht hinter Gittern. Im Falle von Hindley und West entschieden die Gerichte jedoch: «Lebenslänglich bedeutet lebenslänglich» – was bei weiblichen Insassen zum ersten Mal geschah.

Myra Hindley wurde 1942 geboren. Als sie 1961 als Sekretärin in Manchester arbeitete, verliebte sie sich in einen Kollegen, Ian Brady. Die beiden lasen Bücher über Verbrechen und erwogen, eine Bank zu überfallen, führten diesen Plan aber nie aus. Dann wurde der Gedanke, den perfekten Mord zu begehen, für Ian Brady zur fixen Idee. Im Juli 1963 brachten sie ihr erstes Opfer um, die sechzehnjährige Pauline Reade. Sie war zu Fuß auf dem Weg zu einer Tanzveranstaltung, als Hindley ihr Auto anhielt und Pauline überredete einzusteigen. Hindley fuhr mit Pauline ins Saddleworth-Moor, eine hoch gelegene einsame Gegend östlich von Manchester, und Brady folgte ihnen auf seinem Motorrad. Er vergewaltigte Pauline, erstach sie und vergrub ihre Lei-

on the moor. This was the pattern for three more murders: two boys, both aged twelve, and a ten-year-old girl. Hindley's role was to get the victims into the car. Brady raped and killed them. All of the bodies were buried on the lonely moor. In their last murder, Brady made a mistake. Hindley's brother-in-law was in their house when Brady murdered Edward Evans, aged seventeen. The brother-in-law heard screams, ran into the room where Brady was hitting Evans with an axe, and later informed the police.

At their trial in 1966 Brady and Hindley admitted nothing, but both received a life sentence for three of the five murders. In the following years, the media often reported on the Moors Murders, as two bodies had not been found. Finally, in 1986 and 1987, Hindley and Bradley confessed to the two other murders and went with police to Saddleworth Moor. After long searches, the body of Pauline Reade was found. The place where Brady buried one of the twelve-year-old boys has never been discovered. The Moors Murderers stayed in the public eye for the rest of their lives. Myra Hindley blamed Brady for the crimes and petitioned for release from jail. A prominent reformer and "do-gooder", Lord Longford, campaigned for her, but the media and public reacted with horror to the idea that Hindley might be freed. Brady, after his confession in 1987, asked for help to kill himself, but it was impossible for the prison authorities to meet this wish. He died in 2017, aged seventy-nine.

che im Moor. Drei weitere Morde, an zwei zwölfjährigen Jungen und einem zehnjährigen Mädchen, folgten demselben Muster. Hindleys Rolle war es, die Opfer in ihr Auto zu locken. Brady vergewaltigte und ermordete sie. Die Leichen wurden alle in dem einsamen Moor vergraben. Bei ihrem letzten Mord beging Brady einen Fehler. Hindleys Schwager hielt sich im Haus auf, als Brady den siebzehnjährigen Edward Evans ermordete. Der Schwager hörte Schreie, rannte in das Zimmer, wo Brady gerade mit einer Axt auf Evans einschlug, und verständigte später die Polizei.

Weder Brady noch Hindley legten in ihrem Prozess 1966 ein Geständnis ab, aber sie erhielten beide lebenslängliche Haftstrafen für drei der fünf Morde. Während der folgenden Jahre berichteten die Medien häufig über die Morde im Moor, da man zwei der Leichen nicht gefunden hatte. Schließlich gestanden Hindley und Bradley 1986 und 1987 die beiden anderen Morde und führten die Polizei zum Saddleworth-Moor. Nach langer Suche wurde Pauline Reades Leiche entdeckt. Die Stelle, an der Brady einen der zwölfjährigen Jungen verscharrt hatte, ist nie gefunden worden. Solange die beiden lebten, galt die Aufmerksamkeit der Öffentlichkeit den Mördern im Moor. Myra Hindley beschuldigte Brady der Verbrechen und stellte Anträge auf Haftentlassung. Ein prominenter Reformer und « Weltverbesserer », Lord Longford, setzte sich für sie ein, aber Medien und Öffentlichkeit reagierten mit Entsetzen auf den Gedanken, dass Hindley freigelassen werden könnte. Nachdem Brady 1987 ein Geständnis abgelegt hatte, bat er um Beihilfe zum Selbstmord, aber die Gefängnisbehörden konnten ihm diesen Wunsch nicht gewähren. Er starb 2017 im Alter von neunundsiebzig Jahren.

Rosemary West was born in 1953 as Rosemary Letts. Her parents separated when she was a teenager and she lived with her father, a violent man with paranoid schizophrenia who sexually abused Rose. At the age of fifteen, Rose met Fred West, a small-time criminal who was twelve years older. A year later she went to live with Fred, gave birth to a girl in 1970 and married Fred in 1972.

The story of their twenty-five years together is truly shocking. Much later, critical questions were asked: why did the police and social services not stop them earlier? Fred and Rose murdered at least ten women and girls. They came to the attention of the authorities in 1973, when they sexually abused their nanny. She escaped from the house and went to the police, but Fred and Rose were given only a light punishment – a fine. They remained free to attack, torture, rape and kill their own children and vulnerable young women whom they offered a place to live. At the time of the murder trials in 1995, their home, 25 Cromwell Street in the city of Gloucester, was known in the media as the "House of Horrors".

Rose had eight children, but Fred was probably the father of only five, at most. A bedroom at the top of the house was used for prostitution. Through peepholes in the wall, Fred watched Rose having sex with her customers. The murder victims included Rose's first child, Heather, who was sixteen when they violently killed her; Fred's eight-year-old daughter by his first marriage; Fred's ex-wife; and

Rosemary West wurde 1953 als Rosemary Letts geboren. Sie war noch ein Teenager, als ihre Eltern sich trennten, und sie lebte danach bei ihrem gewalttätigen Vater, der an paranoider Schizophrenie litt und Rose sexuell missbrauchte. Als sie fünfzehn war, lernte Rose den zwölf Jahre älteren Fred West, einen Kleinkriminellen, kennen. Ein Jahr später zog sie mit ihm zusammen, brachte 1970 ein Mädchen zur Welt und heiratete Fred 1972.

Die Geschichte der fünfundzwanzig Jahre, die sie zusammenlebten, ist wahrhaft schockierend. Erst viel später wurden kritische Fragen gestellt: Warum sind Polizei und Sozialamt nicht früher eingeschritten? Fred und Rose ermordeten mindestens zehn Frauen und Mädchen. Die Behörden wurden 1973 auf sie aufmerksam, als sie ihr Kindermädchen sexuell missbrauchten, das aus dem Haus floh und zur Polizei ging. Aber Fred und Rose kamen glimpflich davon: Sie erhielten lediglich eine Geldstrafe. Sie konnten weiter ungehindert schlagen, quälen, missbrauchen und morden – ihre eigenen Kinder und gefährdete junge Frauen, denen sie eine Unterkunft anboten. Zur Zeit des Mordprozesses 1995 wurde ihr Haus in 25 Cromwell Street in Gloucester als das «Haus des Horrors» bezeichnet.

Rose hatte acht Kinder, aber Fred war vermutlich der Vater von höchstens fünf. Ein Schlafzimmer im Obergeschoss diente der Prostitution. Durch Gucklöcher in der Wand sah Fred zu, wenn Rose mit ihren Kunden Sex hatte. Zu den Mordopfern gehörten Roses erstes Kind, Heather, die sechzehn war, als die beiden sie brutal umbrachten; Freds acht Jahre alte Tochter aus erster Ehe; Freds Ex-Frau; und neun Mädchen im Alter

nine girls aged between sixteen and twenty-one. Most of the bodies were buried in the cellar and garden of 25 Cromwell Street. The horror did not end until 1993, when Fred was arrested for raping one of his daughters. He was not convicted, but the social services department of Gloucester took away five of the Wests' children and placed them with foster families. Then it was noticed that Heather had disappeared. Finally, many years too late, the police began to investigate. They found bodies in the garden. Fred confessed to murdering nine women, and hanged himself in his prison cell in 1995. A court found Rose guilty of ten murders. The House of Horrors was demolished.

Rose West was sent to the high-security wing – H Wing, also called "Hell Wing" – of Durham Prison, where female prisoners who are guilty of serious crimes are held. Here she met Myra Hindley. What happened next was described in a television documentary by the broadcaster ITV. Hindley, who was eleven years older and had taken university courses while in prison, impressed the uneducated younger woman by her knowledge and intelligence. They quickly formed a close relationship, which other inmates of H Wing described as an intense love affair. Their status as "prison royalty", described in the media as the most notorious and hated women in the land, produced a mutual fascination. Evil was attracted to evil, but this was also an attraction of opposites. Rose West's personality, reported newspapers such as *The Sun* and *The Daily*

zwischen sechzehn und einundzwanzig. Die meisten Leichen wurden im Keller und Garten von 25 Cromwell Road verscharrt. Der Horror war erst 1993 zu Ende, als Fred wegen der Vergewaltigung einer seiner Töchter verhaftet wurde. Er wurde nicht verurteilt, aber das Sozialamt von Gloucester nahm den Wests fünf ihrer Kinder weg und gab sie in Pflegefamilien. Dann wurde bemerkt, dass Heather verschwunden war. Endlich nahm die Polizei Untersuchungen auf – viele Jahre zu spät. Man fand Leichen im Garten. Fred gab zu, neun Frauen ermordet zu haben, und erhängte sich 1995 in seiner Gefängniszelle. Ein Gericht sprach Rose des Mordes in zehn Fällen schuldig. Das Haus des Horrors wurde abgerissen.

Rose West kam in den Hochsicherheitstrakt – den H-Flügel, auch «Höllen-Flügel» genannt – des Gefängnisses von Durham, wo Frauen einsitzen, die schwere Verbrechen begangen haben. Hier lernte Rose Myra Hindley kennen. Was nun geschah, war Gegenstand eines Dokumentarfilms der Fernsehanstalt ITV. Hindley, die elf Jahre älter war, hatte während ihrer Haft Universitätskurse belegt und machte mit ihrem Wissen und ihrer Intelligenz großen Eindruck auf die ungebildete jüngere Frau. Sie schlossen rasch eine enge Freundschaft, die von anderen Insassinnen des H-Flügels als intensive Liebesbeziehung beschrieben wurde. Diese Frauen, von den Medien als die verrufensten und verhasstesten im ganzen Land bezeichnet, besaßen den Status von «Gefängnis-Aristokratie», und daraus entstand eine wechselseitige Faszination. Das Böse zog das Böse an, aber es waren auch die Gegensätze, die sich anzogen. Rose Wests Persönlichkeit war laut Zeitungen wie der «Sun» und

Mirror, was characterised by emotion and rage. Her weapon was sex, her lifelong obsession, and it was said that she had many more relationships in prison in the following years. Myra Hindley, by contrast, was a highly controlled and controlling person. The affair between the two did not last long. West ended it, having realised that Hindley was manipulative and dangerous.

Myra Hindley died in prison in 2002, aged sixty. She smoked forty cigarettes a day, and her health had been bad for a long time. At the time of publication of this book (2021), Rose West is still behind bars, and she will die in prison.

dem «Daily Mirror» gefühlsgesteuert und aggressiv. Ihre Waffe war Sex – sie war ihr Leben lang sexbesessen, und sie hatte Gerüchten zufolge in den folgenden Jahren im Gefängnis noch viele weitere Beziehungen. Myra Hindley war hingegen eine beherrschte und beherrschende Persönlichkeit. Das Verhältnis zwischen den beiden hielt nicht lange. Rose beendete es, als sie merkte, dass Hindley manipulativ und gefährlich war.

Myra Hindley starb 2002 mit sechzig im Gefängnis. Sie rauchte vierzig Zigaretten am Tag und war lange Zeit bei schlechter Gesundheit gewesen. Zum Zeitpunkt des Erscheinens dieses Buchs (2021) ist Rose West noch immer hinter Gittern, und sie wird im Gefängnis sterben.

Lord Lucan

A murder and a disappearance

Richard John Bingham, born in 1934, had a good start in life. His father was the sixth Earl of Lucan, and the family was rich. He went to Eton College, a prestigious private school. He did his military service in the elite Coldstream Guards, his father's regiment, and started a career in a private bank. A tall man with a large moustache, he looked like an aristocrat – he was once invited to take a screen test for the part of James Bond in a movie. It goes without saying that Bingham had expensive tastes: the best Russian vodka, racing boats and fast cars.

He also loved gambling. In London he was a member of the Clermont circle – a group of wealthy men from high society who played backgammon and bridge at the private Clermont Club in Berkeley Square. In 1960, when he won 26,000 pounds – an enormous sum at that time – playing chemin de fer in Le Touquet, he got the nickname "Lucky Lucan" and left the bank to become a professional gambler.

In 1963 Bingham married Veronica Duncan. His father gave them money to buy a house in Belgravia, the most exclusive area of London – number 46, Lower Belgrave Street, at the corner of Eaton Square. Two months after the wedding, the sixth Earl of Lucan died. Richard John Bing-

Lord Lucan

Ein Mord und ein Verschwinden

Richard John Bingham, 1934 geboren, hatte einen guten Start ins Leben. Sein Vater war der sechste Earl of Lucan, und die Familie war sehr wohlhabend. Er besuchte das Eton College, eine prestigeträchtige Privatschule. Seinen Wehrdienst leistete er bei den elitären Coldstream Guards ab, dem Regiment seines Vaters, und seine Berufslaufbahn begann er in einer Privatbank. Hochgewachsen, mit einem großen Schnurrbart, sah er aus wie ein typischer Adliger – er wurde sogar einmal zu Probeaufnahmen für die Rolle des James Bond eingeladen. Und selbstverständlich hatte Bingham einen teuren Geschmack: bester russischer Wodka, Rennboote und schnelle Autos.

Außerdem liebte er das Glücksspiel. In London gehörte er dem Clermont-Kreis an, einer Gruppe reicher Männer aus der Oberschicht, die im privaten Clermont Club am Berkeley Square Backgammon und Bridge spielten. Als er 1960 in Le Touquet beim Baccara 26 000 Pfund gewann, was damals eine enorme Summe war, gab man ihm den Spitznamen «Lucky Lucan». Er kündigte bei der Bank und wurde Berufsspieler.

Im Jahr 1963 heiratete Bingham Veronica Duncan. Sein Vater gab ihnen das Geld, um ein Haus in Belgravia zu kaufen, dem exklusivsten Stadtteil Londons – Haus Nummer 46 in der Lower Belgrave Street an der Ecke zum Eaton Square. Zwei Monate nach der Hochzeit starb der sechste Earl of Lucan. Richard John Bingham war

ham was now Lord Lucan, the seventh holder of the title. He inherited a quarter of a million pounds. His privileged status lasted ten more years. Then, one night in November 1974, Lord Lucan disappeared and was never seen again.

What went wrong? Gambling played a part. He was not really "Lucky Lucan". After the triumph at Le Touquet, he always lost more than he won. Also, after the birth of their third child in 1970, Veronica had post-natal depression. Lord Lucan found psychiatric help for her, but her condition and his money problems made the marriage unhappy. After a disastrous Christmas in 1972 he left the family home, but wanted the children to live with him. In expensive legal proceedings, he argued that Veronica was mad, but she won the court case. He began to stalk her, parking his car outside the family home to spy on her and the children. He drank heavily, continued to gamble and had large debts. He once told friends that the only solution to his problems was to kill his wife.

On 8 November 1974, Lady Veronica Lucan ran into a pub near the house at number 46. Covered in blood, she screamed: "Help me. I have just escaped from a murderer. He's in my house. He has murdered the nanny." Police reconstructed the events of that evening as follows. After putting the children to bed, Sandra Rivett, the nanny, went down to the basement to make tea in the kitchen. It was dark: someone had taken

nun Lord Lucan, der siebte Träger dieses Titels. Er machte eine Erbschaft von einer Viertelmillion Pfund. Sein privilegiertes Dasein dauerte noch zehn Jahre. Dann, in einer Novembernacht 1974, verschwand Lord Lucan und wurde nie mehr gesehen.

Was war da passiert? Das Glücksspiel hatte etwas damit zu tun. Er war nicht wirklich «Lucky Lucan». Nach seinem Triumph von Le Touquet verlor er regelmäßig mehr, als er gewann. Hinzu kam, dass Veronica nach der Geburt ihres dritten Kindes 1970 an Depressionen litt. Lord Lucan gab sie in psychiatrische Behandlung, aber aufgrund ihres Zustands und seiner Geldsorgen wurde die Ehe unglücklich. Nach einer katastrophalen Weihnachtsfeier verließ er sein Familienheim, wollte aber, dass die Kinder bei ihm lebten. In einem kostspieligen Gerichtsverfahren behauptete er, dass Veronica geistesgestört sei, aber sie gewann den Prozess. Er fing an, ihr nachzustellen, parkte sein Auto vor dem Haus der Familie und spionierte ihr und den Kindern nach. Er trank übermäßig, spielte weiter um Geld und hatte riesige Schulden. Zu Freunden sagte er einmal, die einzige Lösung für seine Probleme wäre es, seine Frau umzubringen.

Am 8. November 1974 stürzte Lady Veronica Lucan in einen Pub nahe dem Haus Nummer 46. Sie war blutüberströmt und rief: «Hilfe! Ich bin gerade einem Mörder entkommen. Er ist in meinem Haus. Er hat das Kindermädchen umgebracht.» Die Polizei rekonstruierte die Ereignisse dieses Abends wie folgt: Nachdem sie die Kinder ins Bett gebracht hatte, ging das Kindermädchen, Sandra Rivett, ins Untergeschoss, um in der Küche Tee zu kochen. Es war dunkel. Irgendjemand hatte die Glühbirne

the light bulb out of the lamp. Sandra was beaten to death with a piece of lead pipe. Later, when Lady Lucan came to look for Sandra, a man attacked her at the top of the basement stairs. She pushed her attacker away. He fled.

On that evening, Lord Lucan drove to the home of friends in Uckfield, forty miles south of London. He told them that he had gone to the house in Belgravia, found a stranger there attacking his wife, and saved her. However, his wife believed that he had paid the attacker, said Lucan, and he needed to lie low for a time. He phoned his mother and wrote letters to other friends, telling a similar story. In the early hours of the morning he left the house in Uckfield. Three days later Lucan's car was found in Newhaven, a port on the south coast. Inside the car was a piece of lead pipe. There was blood on the seat of the car, but not on the lead pipe – the instrument of murder had remained in the basement in Belgravia.

It is perhaps not correct to write that Lord Lucan "was never seen again". He was seen many times in the following years, and the story was often in the newspapers. He was spotted in Goa, living as a hippy named Jungle Barry. He was a backpacker on Mount Etna. He worked as a waiter in San Francisco. There were sightings of Lucan in Paraguay in an enclave of ex-Nazis, in Kenya among the British community, and in New Zealand, where he was a homeless man living in a car. Only the dead Elvis Presley and the Loch Ness monster

aus der Lampe entfernt. Sandra wurde mit einem Stück Bleirohr erschlagen. Als Lady Lucan später nach Sandra suchte, wurde sie an der Treppe nach unten von einem Mann attackiert. Sie stieß ihren Angreifer von sich. Er floh.

An diesem Abend fuhr Lord Lucan zum Haus von Freunden in Uckfield, vierzig Meilen südlich von London. Er erzählte ihnen, er sei in das Haus in Belgravia gegangen, habe gesehen, wie ein Unbekannter seine Frau attackierte, und habe sie gerettet. Seine Frau glaube aber, sagte Lucan, dass er den Angreifer bezahlt habe, und er müsse für eine Weile abtauchen. Er telefonierte mit seiner Mutter und schrieb anderen Freunden Briefe, in denen er eine ähnliche Geschichte erzählte. In den frühen Morgenstunden verließ er das Haus in Uckfield. Drei Tage später wurde Lucans Auto in Newhaven entdeckt, einer Hafenstadt an der Südküste. Im Innern des Autos lag ein Stück Bleirohr. Auf dem Autositz war Blut, nicht aber an dem Bleirohr: Die Mordwaffe war im Untergeschoss in Belgravia zurückgeblieben.

Es ist vielleicht unzutreffend, zu schreiben, Lord Lucan «wurde nie mehr gesehen». Er wurde in den folgenden Jahren noch häufig gesehen, und die Geschichte stand oft in den Zeitungen. Er wurde in Goa entdeckt, wo er als Hippie unter dem Namen «Jungle Barry» lebte. Er war als Rucksacktourist auf dem Ätna. Er arbeitete als Kellner in San Francisco. Lucan wurde in Paraguay gesichtet, in einer Kolonie ehemaliger Nazis, in Kenia unter den Auslands-Briten und in Neuseeland, wo er ohne festen Wohnsitz in einem Auto hauste. Nur der tote Elvis Presley und das Ungeheuer von Loch Ness sind

were seen more often. Detectives from Scotland Yard enjoyed trips to exotic locations all over the world, but no sighting was confirmed as genuine.

Was Lucan dead? If so, how did he die? There was wild speculation: the owner of the Clermont gambling club had a private zoo with hungry tigers. Others spoke of financiers who smuggled Lucan out of England but then killed him in Switzerland. Veronica believed he committed suicide. Perhaps he took a night ferry in Newhaven and jumped overboard. Or walked into the sea – there is a species of crab in Newhaven harbour that can eat human bodies.

Was Lucan really a murderer? He never stood trial, but there was no other suspect. In the dark kitchen he probably killed the nanny because he thought it was his wife. In 1999 a court declared that Lord Lucan was legally dead, but his son had to wait until 2016 before becoming the eighth Earl of Lucan.

häufiger gesehen worden. Kriminalisten von Scotland Yard unternahmen schöne Reisen an exotische Orte in aller Welt, aber keine Sichtung erwies sich als glaubhaft.

War Lord Lucan tot? Wenn ja, wie ist er gestorben? Es gab wilde Spekulationen: Der Besitzer des Clermont-Glücksspielklubs hatte einen Privatzoo mit hungrigen Tigern. Andere sprachen davon, dass Finanzmänner ihn außer Landes geschmuggelt, dann aber in der Schweiz getötet hätten. Veronica nahm an, er habe Selbstmord begangen. Vielleicht hat er in Newhaven eine Nachtfähre genommen und ist dann über Bord gesprungen. Oder er ist dort ins Wasser gegangen – es gibt in Newhaven eine Krebsart, die Menschenfleisch frisst.

War Lucan wirklich ein Mörder? Ihm ist nie der Prozess gemacht worden, aber einen anderen Verdächtigen gab es nicht. Wahrscheinlich erschlug er in der dunklen Küche das Kindermädchen in der Annahme, es sei seine Frau. 1999 wurde Lord Lucan von einem Gericht offiziell für tot erklärt, aber sein Sohn musste bis 2016 warten, bevor er der achte Earl of Lucan wurde.

Jeffrey Archer

A high-flying jailbird

Monica Coghlan lived a double life. On weekdays she looked after her young son. At weekends she travelled to London to work as a prostitute. One of her clients was rich and famous: the politician and best-selling author Jeffrey Archer. On 24 October 1986, on platform three of Victoria Station in London, she accepted an envelope containing 2,000 pounds from Michael Stacpoole, a friend of Archer. She was wearing two microphones, and six journalists were watching secretly. Two days later *The News of the World*, a paper that specialised in sex scandals, published a photo of the handover of the money. Archer admitted making the payment through Stacpoole, but said he was just helping a woman in difficulties.

Six days later *The Daily Star*, a rival to *The News of the World*, wrote that Archer had had sex with Coghlan. Archer took legal action against *The Daily Star*. The case filled the pages of many newspapers. Archer presented alibis. His wife Mary was the star witness in court. She charmed the judge and jury so much that they believed that the Archers had a happy marriage and that Jeffrey was not, in the judge's words, "in need of cold, unloving sex in a hotel". Archer won damages of 500,000 pounds from *The Daily Star*. *The News of the World*

Jeffrey Archer

Kunstvogel im Höhenflug

Monica Coghlan führte ein Doppelleben. Wochentags kümmerte sie sich um ihren kleinen Sohn. An den Wochenenden fuhr sie nach London und arbeitete als Prostituierte. Einer ihrer Kunden war wohlhabend und berühmt: der Politiker und Bestseller-Autor Jeffrey Archer. Am 24. Oktober 1986, auf Bahnsteig drei der Londoner Victoria Station, nahm sie von Archers Freund Michael Stacpoole einen Umschlag entgegen, der 2 000 Pfund enthielt. Sie trug zwei versteckte Mikrofone, und sechs Journalisten beobachteten sie heimlich. Zwei Tage später veröffentlichte die «News of the World», eine auf Sexskandale spezialisierte Zeitung, ein Foto dieser Geldübergabe. Archer räumte die Geldübergabe durch Stacpoole ein, erklärte aber, er habe nur einer Frau, die in Schwierigkeiten war, helfen wollen.

Sechs Tage darauf schrieb der «Daily Star», ein Konkurrenzblatt der «News of the World», Archer habe mit Coghlan Sex gehabt. Archer ging gerichtlich gegen den «Daily Star» vor. Der Fall füllte die Seiten vieler Zeitungen. Archer legte Alibis vor. Kronzeugin vor Gericht war seine Ehefrau Mary. Richter und Geschworene waren so bezaubert von ihr, dass sie es ihr abnahmen, die Archers führten eine glückliche Ehe und Jeffrey habe, wie es der Richter ausdrückte, «kalten, lieblosen Sex in einem Hotelzimmer» nicht nötig. Archer erhielt vom «Daily Star» eine Entschädigung von 500 000 Pfund. Die «News of the World» einigte sich

made an agreement out of court to pay a large sum.

Jeffrey Archer's triumph was one episode in a life full of ups and downs. He was a self-confident, ambitious man. He took risks. He was always trying to make deals, and he always bounced back if he lost. His mother was twenty-six when she married his father, who was a sixty-three-year-old bigamist. Jeffrey was born a year later, in 1940. At school he did not get the qualifications needed for university. After school he worked in various jobs for a few years – and was accepted by Oxford University to train as a teacher. It is said that he faked academic qualifications to get his place. At Oxford he was a fine athlete, a sprinter who ran for the English national team.

After leaving Oxford, Archer worked for charities. He was an energetic fund-raiser. In the late 1960s he entered politics for the Conservative Party and became a councillor in London. In 1970, aged only twenty-nine, he was elected to Parliament, but his success did not last long. He had invested heavily in a Canadian company that went bankrupt. With enormous debts, he left Parliament in 1974 and saved himself by writing a best-selling novel: *Not a Penny More, Not a Penny Less,* about intrigue in the business world. More best-sellers followed. They were filmed for television and made Archer a rich man again. In the 1980s he re-started his

mit ihm außergerichtlich auf die Zahlung einer großen Summe.

Jeffrey Archers Sieg war eine von vielen Episoden in einem Leben voller Höhen und Tiefen. Er war ein selbstsicherer, ehrgeiziger Mann. Er ging Risiken ein. Immer war er darauf aus, ein Geschäft zu machen, und wenn das schiefging, kam er schnell wieder auf die Beine. Seine Mutter war sechsundzwanzig, als sie seinen Vater heiratete, einen dreiundsechzigjährigen Bigamisten. Jeffrey wurde ein Jahr später geboren, 1940. Seine Schulnoten reichten nicht aus, um an die Universität zu gehen. Nach der Schule arbeitete er einige Jahre in verschiedenen Jobs und wurde dann von der Universität Oxford für eine Lehrerausbildung angenommen. Es wird behauptet, er habe Zeugnisse gefälscht, um diese Zulassung zu erhalten. An der Universität war er ein guter Leichtathlet und gehörte als Kurzstreckenläufer zur englischen Nationalmannschaft.

Nach seinem Studium in Oxford arbeitete er für gemeinnützige Einrichtungen. Er war sehr erfolgreich im Beschaffen von Spenden. Ende der 1960er Jahre ging er für die Konservative Partei in die Politik und wurde Stadtrat in London. 1970, im Alter von nur neunundzwanzig Jahren, wurde er ins Parlament gewählt, aber sein Erfolg war nicht von langer Dauer. Er hatte viel Geld in ein kanadisches Unternehmen investiert, das bankrottging. Er verließ das Parlament 1974 mit gewaltigen Schulden und rettete sich, indem er einen Bestseller schrieb, «Es ist nicht alles Gold, was glänzt», einen Roman über Machenschaften in der Geschäftswelt. Weitere Bestseller folgten. Sie wurden fürs Fernsehen verfilmt, und Archer war wieder ein reicher Mann. In den 1980er Jahren begann er

political career. In 1985 Margaret Thatcher made him deputy chairman of the Conservative Party, but a year later Archer lost this post because of the scandal about Monica Coghlan.

After winning his case against *The Daily Star* and *The News of the World*, Jeffrey Archer began his second comeback. He started a campaign to raise money for Kurds in Iraq. For this work the prime minister, John Major, later gave him a seat in the House of Lords as Baron Archer. He continued to write best-sellers. He lived (and still lives today) with his wife in a beautiful house near Cambridge. He also had a penthouse apartment on the banks of the Thames with a view of Parliament. Here he gave legendary parties for cabinet ministers and top journalists. In 1999 the Conservative Party chose him as its candidate to be the first mayor of Greater London – a newly created and prestigious position.

Needless to say, a fresh disaster now happened. A former friend called Ted Francis had given Archer an alibi in the Coghlan case. Francis had thought that the lies he told were for Archer's wife, not for a court of law, and when he heard that Archer wanted to be mayor of London, he informed *The News of the World* that the alibi was false. Scotland Yard declared that it would investigate Archer for perjury. Then Michael Stacpoole spoke out: Archer had given him 40,000 pounds in 1987 to stay out of Britain during the trial, and the story of the perfect marriage

eine zweite politische Karriere. 1985 machte ihn Margaret Thatcher zum stellvertretenden Vorsitzenden der Konservativen Partei, aber ein Jahr später verlor Archer diesen Posten wieder wegen des Skandals um Monica Coghlan.

Nachdem er den Prozess gegen den «Daily Star» und die «News of the World» gewonnen hatte, erlebte Jeffrey Archer ein zweites Comeback. Er startete eine Kampagne, um Geld für die Kurden im Irak zu sammeln. Für diese Arbeit erhielt er später von Premierminister John Major als Baron Archer einen Sitz im Oberhaus. Er schrieb weitere Bestseller und wohnte mit seiner Frau in einem schönen Haus nahe Cambridge (wo er noch immer wohnt). Außerdem besaß er eine Penthouse-Wohnung am Themseufer mit Blick auf die Parlamentsgebäude. Hier gab er legendäre Partys für Kabinettsmitglieder und Spitzenjournalisten. 1999 nominierte ihn die Konservative Partei als ihren Kandidaten für die Wahl des ersten Bürgermeisters von Groß-London – ein neu geschaffenes, prestigeträchtiges Amt.

Natürlich kam es nun zur nächsten Katastrophe. Ein ehemaliger Freund, Ted Francis, hatte Archer im Fall Coghlan ein Alibi verschafft. Francis hatte geglaubt, seine Lügen seien für Archers Frau bestimmt und nicht für ein Gericht, und als er hörte, dass Archer Bürgermeister von London werden wollte, teilte er der «News of the World» mit, dass das Alibi falsch war. Scotland Yard erklärte, man werde gegen Archer wegen Meineids ermitteln. Dann meldete sich Michael Stacpoole zu Wort: Archer habe ihm 1987 40 000 Pfund dafür gezahlt, dass er sich während des Prozesses außerhalb Großbritanniens aufhielt; die Geschichte von der perfekten Ehe mit Mary sei nicht wahr, denn Ar-

to Mary was untrue, as Archer was in the middle of an eight-year affair with a personal assistant at that time. Finally, an actress revealed details of an affair with Archer.

Archer reacted with typical chutzpah. He wrote a play called *The Accused* about a doctor who is on trial for poisoning his wife. The doctor presents two different alibis. The actor who played the role of the doctor in this drama was Jeffrey Archer himself. The play opened on 26 September 2000. On the same day, the police formally charged Archer with perjury. A few hours after they took his fingerprints he stood on a theatre stage to declaim his opening line: "Not guilty". The setting for the play was the Old Bailey, London's famous criminal court. A few months later Jeffrey Archer was on trial at the Old Bailey in real life – not on a stage. In the witness box, his former secretary told how she had faked his appointments diary in 1987. Judges dislike perjury very strongly, and Archer went to jail.

He served half of a four-year sentence and was a free man again in 2003. By writing a memoir, *A Prison Diary*, Archer earned 10 million pounds. Prison also gave him inspiration for a book of short stories. Besides this, he was a multi-millionaire from his investments in art dealing, a luxury resort on Mallorca, a retail park and car sales. Today he still writes novels, but does not attend the House of Lords and is the subject of no new scandals.

cher habe sich damals mitten in einer acht Jahre dauernden Affäre mit einer persönlichen Assistentin befunden. Schließlich enthüllte auch eine Schauspielerin Einzelheiten einer Beziehung mit Archer.

Archer reagierte mit typischer Unverfrorenheit. Er schrieb «The Accused» («Der Angeklagte»), ein Theaterstück über einen Arzt, der vor Gericht steht, weil er seine Frau vergiftet haben soll. Der Arzt legt zwei verschiedene Alibis vor. Der Darsteller des Arztes war Jeffrey Archer persönlich. Das Stück hatte am 26. September 2000 Premiere. Am selben Tag beschuldigte ihn die Polizei offiziell des Meineids. Wenige Stunden, nachdem man seine Fingerabdrücke genommen hatte, stand er auf der Bühne und sprach die eröffnenden Worte: «Nicht schuldig». Ort der Handlung war das Old Bailey, Londons berühmtes Kriminalgericht. Einige Monate später stand Jeffrey Archer im wirklichen Old Bailey vor Gericht – nicht auf der Bühne. Im Zeugenstand berichtete seine frühere Sekretärin, wie sie 1987 seinen Terminkalender gefälscht hatte. Richter missbilligen Meineid zutiefst, und Archer musste ins Gefängnis.

Er saß die Hälfte seiner vierjährigen Strafe ab und war 2003 wieder auf freiem Fuß. Mit seinen Gefängnistagebüchern («A Prison Diary») verdiente er zehn Millionen Pfund. Das Gefängnis inspirierte ihn außerdem zu einem Kurzgeschichtenband. Überdies wurde er mit seinen Investitionen im Kunsthandel, einem luxuriösen Ferienkomplex auf Mallorca, einem Einkaufszentrum und Autoverkäufen zum Multimillionär. Er schreibt heute immer noch Romane, bleibt jedoch dem Oberhaus fern und ist nicht mehr der Gegenstand von Skandalen.

Nick Leeson

An old bank and a young man

Barings Bank was one of the oldest banks in Britain, founded in 1762 by two brothers. More than 200 years later, still controlled by the founding family, Barings was an institution with an illustrious history. It financed the Louisiana Purchase in 1803, when the United States bought more than 2 million square kilometres of territory from France. It also financed the building of the Panama Canal. Over many generations, members of the Baring family had noble titles and seats in the House of Lords of the British parliament. The Queen deposited 40 million pounds with Barings. Then, in 1995, the actions of one young man ruined the bank.

Nick Leeson was born in 1967 to a working-class family. He was not very good at school and did not go to university, but found a job at Coutts, a private bank in London. There he did routine work in the "back office" – the glamorous work, trading in financial instruments, was "front office". In 1989 he joined Barings. He was still in the back office, processing transactions made by the front-office traders. However, Leeson's bosses liked his energy. They sent him to Hong Kong, and in 1991 he returned to London to investigate fraud by a Barings employee. When the bank opened an office in Singapore, Leeson became the manager there. Now he had front-office work,

Nick Leeson

Eine alte Bank und ein junger Mann

Barings Bank, 1762 von zwei Brüdern gegründet, war eine der ältesten Banken in Großbritannien. Mehr als 200 Jahre später war Barings, noch immer in den Händen der Gründerfamilie, eine Institution mit einer glorreichen Vergangenheit. Sie finanzierte 1803 den Louisiana-Kauf, als die Vereinigten Staaten ein Territorium von über zwei Millionen Quadratkilometern von Frankreich erwarben. Sie finanzierte auch den Bau des Panamakanals. Über mehrere Generationen trugen Mitglieder der Familie Baring Adelstitel und saßen im Oberhaus des britischen Parlaments. Die Queen hinterlegte 40 Millionen Pfund bei Barings. Dann, 1995, wurde diese Bank durch die Handlungen eines jungen Mannes ruiniert.

Nick Leeson kam 1967 als Sohn einer Arbeiterfamilie zur Welt. Er war in der Schule nicht besonders gut und ging nicht zur Universität, fand aber einen Job bei Coutts, einer Londoner Privatbank. Dort erledigte er Routinearbeiten im Backoffice – die glanzvollere Arbeit, der Handel mit Finanzinstrumenten, spielte sich im Frontoffice ab. 1989 trat er bei Barings ein. Er saß immer noch im hinteren Bereich und wickelte Transaktionen der Wertpapierhändler aus dem vorderen Bereich ab. Seinen Chefs gefiel jedoch Leesons Arbeitseifer. Sie schickten ihn nach Hongkong, und 1991 kam er zurück nach London, um Betrügereien eines Angestellten der Bank zu untersuchen. Als Barings in Singapur eine Filiale eröffnete, wurde Leeson ihr Direktor. Jetzt war er im Frontoffice

buying and selling modern financial instruments (derivatives). He was simultaneously the manager of the back office. This meant that nobody in Singapore checked his activities.

In 1992, Leeson made speculative deals that were not authorised by the headquarters in London. His profit of 10 million pounds was ten per cent of the total profits of Barings Bank in that year. Peter Baring, the chairman, and the directors in London were old-school gentlemen who did not understand the new financial world. They thought Leeson was a brilliant trader and gave him all the freedom he wanted. His good fortune ended quickly, but he found a way to hide losses: he booked them to an "error account", an account for correcting technical mistakes made in trading. The account number was 88 888 – eight is the Chinese lucky number. At the end of 1993, the losses in the error account were 23 million pounds. A year later, the sum was over 200 million. When Leeson lost money, his strategy was to "double up": to make a new deal for twice as much money as he had lost. His bosses in London believed the stories about why he needed more and more money.

On 16 January 1995 Leeson made a risky transaction connected with the Japanese stock exchange. On the next day there was an earthquake in Kobe. The Japanese market collapsed. Leeson had reached the end of the road. He left a note on his desk, "I'm sorry", and left Singapore

tätig und kaufte und verkaufte moderne Finanzinstrumente (Derivate). Gleichzeitig war er für das Backoffice zuständig. Das bedeutete, dass niemand in Singapur nachprüfte, was er tat.

1992 tätigte Leeson Spekulationsgeschäfte, die von der Londoner Zentrale nicht autorisiert waren. Sein Profit von zehn Millionen Pfund entsprach zehn Prozent der Gewinne, die Barings insgesamt in diesem Jahr machte. Peter Baring, der Vorstandsvorsitzende, und die anderen Direktoren in London waren Gentlemen der alten Schule, die die moderne Finanzwelt nicht verstanden. Sie glaubten, Leeson sei ein hervorragender Wertpapierhändler, und ließen ihm völlig freie Hand. Seine Glückssträhne endete bald, aber er fand Wege, um die Verluste zu kaschieren: Er verbuchte sie auf einem «Fehlerkonto», das dazu diente, technische Fehler, die beim Wertpapierhandel unterlaufen waren, auszugleichen. Die Nummer dieses Kontos war 88 888 – die Acht ist die chinesische Glückszahl. Ende 1993 beliefen sich die Verluste auf dem Fehlerkonto auf 23 Millionen Pfund. Ein Jahr später waren es mehr als 200 Millionen. Wenn Leeson Geld verlor, war es seine Strategie zu «verdoppeln», also ein Geschäft für den zweifachen Wert dessen abzuschließen, was er verloren hatte. Seine Vorgesetzten in London glaubten ihm seine Geschichten, weshalb er mehr und mehr Geld benötigte.

Am 16. Januar 1995 ging Leeson ein riskantes Geschäft ein, das mit der japanischen Börse in Verbindung stand. Am Tag darauf kam es in Kobe zu einem Erdbeben. Der japanische Markt brach zusammen. Leeson hatte das Ende der Fahnenstange erreicht. Er hinterließ auf seinem Schreibtisch eine Notiz, «Tut mir leid», und ver-

in secret. His losses were 827 million pounds, more than the total capital of the bank. Barings was bankrupt. Leeson went into hiding for a short time in Malaysia and Thailand, then took a flight to Frankfurt, where he was arrested at the airport. Before the end of the year he was in prison in Singapore, guilty of fraud.

Leeson spent four years in prison. Today he lives comfortably in Ireland. He made money from an autobiography and a film about his life. He works as a consultant on the subject of fraud.

schwand heimlich aus Singapur. Seine Verluste beliefen sich auf 827 Millionen Pfund, mehr als das Gesamtkapital der Bank. Barings war bankrott. Für kurze Zeit versteckte sich Leeson in Malaysia und Thailand und nahm dann einen Flug nach Frankfurt, wo er am Flughafen verhaftet wurde. Noch vor Ende des Jahres saß er wegen Betrugs in Singapur im Gefängnis.

Leeson verbrachte vier Jahre im Gefängnis. Heute führt er ein angenehmes Leben in Irland. Er hat Geld mit einer Autobiografie und einem Film über sein Leben verdient. Er arbeitet als Berater in Betrugsfällen.

The Hatton Garden Diamond Robbery

The grandads' last job

"The last great British robbery", as it was described during the trial, took place on the Easter weekend in 2015. A gang broke into the Hatton Garden Safe Deposit Company, which kept an enormous quantity of gold, cash and jewellery for its customers – for many different people, so nobody knew the exact value of what was stolen. 20 million pounds, said some; others thought the total was 200 million pounds. It was a media sensation. Newspapers speculated that the break-in was the work of the Pink Panthers, an international gang from Balkan countries. When it became known that the thieves were "grey panthers", men in their sixties and seventies, the sensation was even greater.

Hatton Garden has been the jewellery quarter of London for centuries. Jewellers and traders in gold or diamonds run 300 companies and 60 shops here. Many are Orthodox Jews. The first of them were diamond cutters and polishers who arrived from Portugal in the seventeenth century. Some of them fled from the Nazis in the 1930s. Only a short time ago, the gold dealers spoke only Yiddish or Hebrew. Most of them stored precious goods in the basement vault of the Hatton Garden Safe Deposit Company behind walls of concrete and steel. The vault door weighed ten tonnes and was bomb-proof.

Der Diamantenraub von Hatton Garden

Das letzte Ding der Großväter

«Der letzte große Raub in England», wie er im Gerichtsverfahren genannt wurde, ereignete sich am Osterwochenende 2015. Eine Bande brach bei der Hatton Garden Safe Deposit Company ein, die enorme Mengen Gold, Bargeld und Schmuck für ihre Kunden aufbewahrte – sehr viele verschiedene Leute, so dass niemand den genauen Wert des Gestohlenen kannte. Manche sprachen von 20 Millionen Pfund, andere glaubten, es handelte sich um 200 Millionen. Es war eine Mediensensation. Die Zeitungen vermuteten, dass der Einbruch die Arbeit der «Rosa Panther» war, einer internationalen Bande vom Balkan. Als sich herausstellte, dass die Diebe «graue Panther» waren, Männer in ihren Sechzigern und Siebzigern, war die Sensation noch größer.

Hatton Garden ist seit Jahrhunderten das Londoner Juwelenviertel. Juweliere und Gold- und Diamantenhändler betreiben hier 300 Firmen und 60 Läden. Viele sind orthodoxe Juden. Die ersten waren Diamantenschleifer und -polierer, die im siebzehnten Jahrhundert aus Portugal kamen. Manche waren in den 1930er Jahren vor den Nazis geflohen. Bis vor Kurzem sprachen die Goldhändler nur Jiddisch oder Hebräisch. Die meisten lagerten wertvolle Ware in den unterirdischen Gewölben der Hatton Garden Safe Deposit Company hinter Mauern aus Beton und Stahl. Die Tür zum Gewölbe wog zehn Tonnen und war bombensicher.

The break-in was well planned. One man had keys to the building, Hatton Garden number 88–90. On the evening of 2 April he entered, passed through a door protected by a PIN code, disabled the alarm system, and let in the other robbers through a fire escape. He then disabled the lift so that the gang could enter the basement through the lift shaft. To make a hole in the wall of the vault, which was 50 cm thick, they used a drill for the concrete and a hydraulic ram for the steel. After the first day, the pump that powered the hydraulic ram broke. The robbers bought a new pump and started again. On 4 April the hole in the wall was big enough. Two men who were thinner and more agile than the others squeezed through it. The gang took away the contents of 73 deposit boxes.

Six weeks later the police arrested four professional criminals from north and east London: Brian Reader, aged 76; Terry Perkins, aged 67; Danny Jones, aged 60; and John Collins, aged 74. They had not been careful enough. They wore masks when passing security cameras in the building, but when a video was shown on the Crimewatch television programme, Reader's striped socks were recognised. Danny Jones, who bought the new pump, paid for it with his credit card and signed with his real address – a bad mistake, as the pump, ram and drill were left behind in the basement. John Collins drove to Hatton Garden in his brightly coloured Mercedes. The police saw it on traffic cameras and tracked its route. As experienced

Der Einbruch war gut geplant. Einer der Männer hatte Schlüssel zum Haus Nummer 88–90 in Hatton Garden. Am Abend des 2. April verschaffte er sich Zugang, passierte eine Tür, die mit einem Nummerncode gesichert war, deaktivierte das Alarmsystem und ließ die anderen Räuber durch einen Notausgang herein. Dann setzte er den Fahrstuhl außer Betrieb, so dass die Bande durch den Fahrstuhlschacht ins Untergeschoss gelangen konnte. Um ein Loch in die 50 Zentimeter dicke Mauer des Gewölbes zu machen, benutzten sie einen Bohrer für den Beton und einen Hydraulikkolben für den Stahl. Nach dem ersten Tag fiel die Pumpe für den Hydraulikkolben aus. Die Einbrecher kauften eine neue Pumpe und fingen wieder an. Am 4. April war das Loch in der Wand groß genug. Zwei der Männer, die schlanker und beweglicher waren als die anderen, zwängten sich hindurch. Die Bande ließ den Inhalt von 73 Schließfächern mitgehen.

Sechs Wochen später verhaftete die Polizei vier Berufskriminelle aus dem Londoner Norden und Osten: Brian Reader, 76 Jahre alt; Terry Perkins, 67; Danny Jones, 60; und John Collins, 74. Sie waren nicht vorsichtig genug gewesen. Sie trugen zwar Masken, als sie an den Überwachungskameras im Gebäude vorbeigingen, aber als das Fernsehprogramm «Crimewatch» eine Videoaufnahme zeigte, wurden Readers gestreifte Socken wiedererkannt. Danny Jones bezahlte beim Kauf der neuen Pumpe mit seiner Kreditkarte und hinterließ seine richtige Adresse – ein schwerer Fehler, da Pumpe, Kolben und Bohrer im Keller zurückblieben. John Collins fuhr mit seinem auffällig lackierten Mercedes nach Hatton Garden. Die Polizei sah ihn auf Verkehrskameras und verfolgte seine Route. Als erfahrene Profis hinterließen sie keine Finger-

professionals, they left no fingerprints but did not think about the dangers of digital technology: they had their phones with them in the basement. One of them used his electronic London Transport pass, which recorded his movements on buses. Jones's computer showed that he had done an internet search on "drilling". And he had a book with the title *Forensics For Dummies.*

After the robbery they continued to use the same mobile phones. They talked about the crime in a pub, where the police secretly filmed them and gave the video to an expert lip-reader. They also sent text messages and talked in their cars, where the police had placed listening devices. When the detectives had enough evidence, they arrested the four – and found Lidl supermarket bags full of jewels.

What kind of people were these criminals? Brian Reader, the oldest, described by police as the "mastermind" behind the plan, was a relaxed character but had an eventful life. He worked in the trucking and jewellery businesses. In the 1980s he was wanted for stealing silver and diamonds. He fled to France and Spain, was arrested – and found not guilty at trial. Then he was involved in a notorious robbery at Heathrow Airport and got a nine-year prison sentence for handling stolen goods. Danny Jones, an expert with keys, was the youngest but had a lot of experience at break-ins. After his arrest he took the police to a cemetery in north London where

abdrücke, aber sie dachten nicht an die Gefahren der Digitaltechnik: Sie hatten ihre Handys bei sich im Keller. Einer von ihnen benutzte seinen elektronischen London-Transport-Pass, der speicherte, mit welchen Buslinien er gefahren war. Auf Jones' Computer war zu sehen, dass er im Internet nach «Bohrarbeiten» gesucht hatte. Außerdem besaß er ein Buch mit dem Titel «Kriminaltechnik für Dummies».

Nach dem Raub benutzten sie weiter dieselben Handys. Sie redeten in einer Kneipe über die Tat, wobei die Polizei sie heimlich filmte und die Videos einem Experten für Lippenlesen vorlegte. Sie verschickten Textnachrichten und unterhielten sich in ihren Autos, in denen die Polizei Abhörgeräte angebracht hatte. Als die Kriminalbeamten genügend Beweise gesammelt hatten, verhafteten sie die vier – und entdeckten dabei Einkaufstüten von Lidl voller Juwelen.

Was für Leute waren diese Kriminellen? Der Älteste von ihnen, Brian Reader, den die Polizei für den Drahtzieher hielt, war ein lockerer Typ, der ein abwechslungsreiches Leben hinter sich hatte. Er hatte als Lastwagenfahrer und als Schmuckhändler gearbeitet. In den 1980er Jahren wurde er wegen des Diebstahls von Silber und Diamanten gesucht. Er flüchtete nach Frankreich und Spanien, wurde gefasst – und von einem Gericht freigesprochen. Dann war er an einem Aufsehen erregenden Raubüberfall am Flughafen Heathrow beteiligt und bekam wegen Hehlerei neun Jahre Gefängnis. Danny Jones, ein Spezialist für Schlüssel, war der Jüngste, besaß aber große Erfahrung mit Einbrüchen. Nach seiner Verhaftung führte er die Polizei zu einem Friedhof in Nord-London, wo er

he had hidden his share of the jewels. Terry Perkins had been in jail for a famous robbery in the East End of London in 1983. In 1995 he walked out of an open prison and escaped to the Costa del Sol, the favourite place for English criminals on the run. He was, said a prison inmate who knew him, a "very old-school London criminal gentleman". Kenny Collins, a break-in specialist, was described by a man who was in prison with him as "the man with the hardest head and the biggest heart in London".

What were their motives? Of course they wanted money to enjoy the last years of their lives in comfort. Also, robbery was their profession. They wanted to be good at their job. A video was shown at their trial of the robbers talking in a pub: "It's a young man's game," said one, but "if we are caught, at least we can hold our heads up – we had one last try."

There was a fifth man, who was not arrested in May 2015. When planning the robbery, Reader and Perkins needed permission from the underworld family that controlled crime in Hatton Garden. Permission was given – on one condition. They had to work with an associate of the crime family. This man called himself Basil, wore dark glasses and had red hair – "like an evil clown", Reader said later. Basil had the keys and the technical know-how to pass through a PIN-protected door and disable the alarms and lift. Basil was more careful than the others when

seinen Anteil an den Juwelen versteckt hatte. Terry Perkins hatte wegen eines 1983 im Londoner East End verübten, berühmt gewordenen Raubüberfalls im Gefängnis gesessen. 1995 entfernte er sich aus dem offenen Strafvollzug und floh an die Costa del Sol, das Lieblingsziel englischer Krimineller, die auf der Flucht sind. Jemand, der ihn aus dem Gefängnis kannte, sagte einmal, er sei «ein Londoner Gentleman-Gauner, ganz von der alten Schule». Kenny Collins, ein Einbruchsspezialist, wurde von einem anderen Gefängnisinsassen als «der Mann mit dem dicksten Schädel und dem größten Herzen in ganz London» beschrieben.

Welche Motive hatten sie? Natürlich wollten sie Geld, um ihren Lebensabend mit Komfort zu genießen. Außerdem war Raub ihr Beruf, und in diesem Beruf wollten sie gute Arbeit leisten. Während des Prozesses wurde ein Video gezeigt, in dem sich die Diebe in einem Pub unterhielten: «Das ist eigentlich was für junge Leute», sagte einer, aber «falls wir geschnappt werden, können wir wenigstens erhobenen Hauptes sagen, wir hätten es noch einmal versucht.»

Es gab noch einen fünften Mann, der im Mai 2015 nicht festgenommen wurde. Als sie den Raub planten, brauchten Reader und Perkins die Einwilligung der Unterwelt-Familie, die die Kriminalität in Hatton Garden kontrollierte. Die Einwilligung wurde erteilt – unter einer Bedingung. Sie mussten mit einem Komplizen der Verbrecherfamilie zusammenarbeiten. Dieser Mann nannte sich Basil, trug eine dunkle Brille und hatte rotes Haar – «wie ein böser Clown», sagte Reader später. Basil besaß die Schlüssel und das technische Know-how, wie man durch die code-gesicherte Tür kam und die Alarmanlage und den Aufzug stilllegte. Basil war vorsichtiger als die anderen, als er an den

passing security cameras. And after Easter, when the four oldies were together, they got a phone call, telling them that Basil had a video of the gang at work and would give it to the police if they did not share the jewels. Moments later, Basil arrived with two big men and took the most valuable pieces.

The trial in March 2016 was hard work for all participants. When videos were shown, the judge could not understand the underworld slang spoken by the four men. Reader was deaf, and Perkins was not in good health. Collins, Jones, Perkins and Reader all admitted their guilt and got prison sentences of between six and seven years. Perkins died in jail in 2018. Finally, in 2019, the police arrested a man called Michael Seed, who had studied electronics and physics at Nottingham University. They found gold and jewellery worth 143,000 pounds in his bedroom. He was "Basil".

Überwachungskameras vorbeiging. Und nach Ostern, als die vier Alten zusammensaßen, bekamen sie einen Anruf, dass Basil im Besitz eines Videos sei, das die vier bei der Arbeit zeigte. Das werde er der Polizei übergeben, falls sie die Juwelen nicht mit ihm teilten. Minuten später erschien Basil mit zwei kräftigen Männern und nahm sich die wertvollsten Stücke.

Das Gerichtsverfahren im März 2016 war für alle Beteiligten Schwerarbeit. Als die Videos gezeigt wurden, konnte der Richter den Unterwelt-Slang der vier Männer nicht verstehen. Reader war schwerhörig, und Perkins war gesundheitlich angeschlagen. Collins, Jones, Perkins und Reader bekannten sich alle schuldig und erhielten zwischen sechs und sieben Jahren Gefängnis. Perkins starb 2018 in der Haft. Schließlich fasste die Polizei 2019 einen Mann namens Michael Seed, der an der Universität von Nottingham Elektronik und Physik studiert hatte. In seinem Schlafzimmer wurden Gold und Schmuck im Wert von 143 000 Pfund gefunden. Er war « Basil ».

The Old Bailey, Newgate and Tyburn Tree

The last journey – from the prison cell to the hangman

Many famous events in British legal history took place in the Central Criminal Court – generally known as the Old Bailey, as this is the name of the street where it stands. Beneath its dome, crowned by a golden figure of Lady Justice, were held the trials of William Joyce, the last man to be hanged for treason, in 1946; Ruth Ellis, the last woman to be hanged in England, in 1955; the Yorkshire Ripper, who murdered thirteen women in the 1970s; the Kray Twins in 1968; and Paul Burrell, Princess Diana's butler, who was found not guilty of theft.

The Old Bailey was built in 1902 on the site of a notorious institution: Newgate Prison. In the twelfth century this jail was part of a gate in the Roman wall around the City of London. It was rebuilt four times, and held prisoners for over 700 years. They included Protestant and Catholic martyrs during the Reformation; Daniel Defoe, for writing a satire about religious toleration; and Oscar Wilde, for homosexual practices.

Rich prisoners had relatively comfortable cells or small apartments where their families could stay, friends could visit them, or they could entertain guests at dinners and drinking parties.

Old Bailey, Newgate und Tyburn Tree

Der letzte Gang – von der Gefängniszelle zum Henker

Viele berühmte Ereignisse in der britischen Rechtsgeschichte haben sich im Zentralen Kriminalgericht zugetragen – allgemein als «Old Bailey» bekannt, denn so heißt die Straße, in der es sich befindet. Unter seiner Kuppel, bekrönt von einer goldenen Figur der Justitia, wurde gegen William Joyce verhandelt, den letzten Mann, der 1946 wegen Landesverrats gehängt wurde; gegen Ruth Ellis, die 1955 als letzte Frau in England gehängt wurde; gegen den «Yorkshire Ripper», der in den 1970er Jahren dreizehn Frauen ermordete; 1968 gegen die Kray-Zwillinge; und gegen Paul Burrell, den Butler von Prinzessin Diana, der vom Vorwurf des Diebstahls freigesprochen wurde.

Old Bailey wurde 1902 errichtet, an der Stelle einer berüchtigten Institution: des Gefängnisses von Newgate. Im zwölften Jahrhundert war dieses Gefängnis Teil eines Stadttors in der römischen Mauer, die die City of London umgab. Es wurde viermal umgebaut, und 700 Jahre lang saßen dort Sträflinge ein. Zu ihnen gehörten protestantische und katholische Märtyrer während der Reformationszeit; Daniel Defoe, weil er eine Satire über religiöse Toleranz verfasst hatte; und Oscar Wilde wegen homosexueller Handlungen.

Wohlhabende Gefangene hatten relativ komfortable Zellen oder kleine Wohnungen für sich und ihre Familien, und sie konnten dort Besuch von Freunden empfangen und Gäste mit Mahlzeiten oder Getränken bewirten. Für

They paid money to the jail-keeper for these privileges. For poor prisoners, the conditions were so unhygienic that more died from illness than on the gallows. In total, 1,169 people were hanged at Newgate. Executions were held outside the prison until 1868, when the last person who died by hanging in public was an Irish republican whose bomb had killed twelve people in London.

The spectacle of a public hanging shocked sensitive observers. It was also dangerous, because it was a magnet for pickpockets and all kinds of traders. In 1807 the execution of two murderers attracted a crowd of perhaps 40,000 people in a small space. When a pie-seller dropped his basket, people fell over it, panic broke out, and twenty-eight people were crushed to death. In reaction to this event, a tunnel was built under the road to connect Newgate to St Sepulchre's Church. This made it possible for a priest to go to the condemned persons in the prison without pushing through a crowd. A hand bell, which is still on display in the church today, was rung outside the cell of condemned criminals on the night before their execution.

For hundreds of years, hangings were not held at Newgate but at Tyburn, almost three miles to the west. An execution day was like a holiday, because many people came to watch the grisly show. The prisoners were taken in carts along the streets that are now called Holborn and Oxford Street. First of all, at Newgate, they were freed from their iron

diese Privilegien mussten sie den Gefängnisaufseher bezahlen. Für arme Gefangene waren die Verhältnisse so unhygienisch, dass mehr von ihnen an Krankheiten starben als am Galgen. Insgesamt wurden 1 169 Personen in Newgate gehängt. Vor 1868 fanden Hinrichtungen außerhalb des Gefängnisses statt. Der Letzte, der öffentlich am Galgen starb, war ein irischer Republikaner, der mit seiner Bombe zwölf Menschen in London getötet hatte.

Das Schauspiel einer öffentlichen Hinrichtung schockierte empfindsame Zeugen. Auch war es nicht ungefährlich, denn es zog Taschendiebe und alle Arten von Händlern an. Bei der Exekution von zwei Mördern im Jahr 1807 kam eine Menge von etwa 40 000 Personen auf engem Raum zusammen. Als ein Pastetenverkäufer seinen Warenkorb fallen ließ, stolperten einige Menschen darüber, eine Panik brach aus und achtundzwanzig Personen wurden zu Tode getrampelt. Dieser Vorfall führte dazu, dass unter der Straße ein Tunnel gebaut wurde, der Newgate mit der Kirche St. Sepulchre's verband. Das ermöglichte es einem Priester, zu Todeskandidaten im Gefängnis zu gelangen, ohne sich einen Weg durch eine Menschenmenge bahnen zu müssen. Eine Handglocke, die noch heute in der Kirche zu sehen ist, wurde vor der Zelle eines zum Tode Verurteilten am Abend vor der Hinrichtung geläutet.

Jahrhundertelang wurden Hinrichtungen durch den Strang nicht in Newgate vollstreckt, sondern in Tyburn, etwa drei Meilen weiter westlich. Ein Hinrichtungstag war wie ein Festtag, und viele kamen herbei, um sich das grausige Schauspiel anzusehen. Die Gefangenen wurden auf Karren durch die Straßen gefahren, die heute Holborn und Oxford Street heißen. Als Erstes wurden ihnen

chains and the hangman's rope was placed around their necks. The ringing of a bell at St Sepulchre's Church marked the start of a procession through overcrowded streets that lasted two or three hours. The carts carried the criminals' coffins, and soldiers to guard them. If they were popular, women threw flowers into the cart; if they were unpopular, stones or even dead cats were thrown. At St Giles's Church the condemned persons drank ale. Sometimes there were several stops along the way, as prisoners made speeches to the crowd, had more drinks, or made jokes: "I'll pay for the ale on my way back." The criminals with the highest prestige were highwaymen. People in the crowd asked them for souvenirs – a lock of hair or a fragment of clothing.

At Tyburn, originally a village outside London, today approximately the site of Marble Arch at the north-east corner of Hyde Park, more crowds were waiting. Some spectators paid to watch from a seat in a stand.

The instrument of execution was called Tyburn Tree. It was a wooden triangle standing on three legs, so large that twenty-four criminals could be hanged at one time. This structure was built in 1571 and its first victim was a Roman Catholic, accused of treason. The crowds wanted a show. They liked the condemned to display emotion when speaking their last words. Many confessed their guilt and asked for God's mercy, but the most popular entertainment was to see

in Newgate die eisernen Ketten abgenommen und die Galgenschlinge um den Hals gelegt. Eine der Glocken von St. Sepulchre's wurde geläutet, wenn sich die zwei- oder dreistündige Prozession durch die überfüllten Straßen in Gang setzte. Auf den Karren befanden sich auch die Särge für die Verbrecher und Soldaten, die sie bewachten. War der Gefangene beliebt, dann warfen Frauen Blumen in den Karren; war er unbeliebt, dann flogen Steine oder auch mal tote Katzen. An der Kirche von St. Giles tranken die Verurteilten Ale. Manchmal hielten sie unterwegs mehrmals an, die Häftlinge hielten Ansprachen an die Menge, tranken noch mehr oder machten Scherze: «Ich bezahle das Ale auf dem Rückweg.» Das größte Ansehen genossen Straßenräuber. Leute aus der Menge baten sie um Andenken, eine Haarsträhne oder einen Fetzen von ihrer Kleidung.

In Tyburn, das ursprünglich ein Dorf außerhalb Londons war, ungefähr an der heutigen Stelle des Marble Archs an der nordöstlichen Ecke des Hyde Parks, warteten noch mehr Menschen. Manche Zuschauer bezahlten für einen Sitz auf einer Tribüne.

Das Hinrichtungsgerüst wurde «Tyburn Tree» genannt. Es war ein Dreieck aus Holzbalken, die auf drei Säulen ruhten; es war so groß, dass vierundzwanzig Verbrecher gleichzeitig gehängt werden konnten. Dieses Gerüst wurde 1571 errichtet, und sein erstes Opfer war ein Katholik, der des Hochverrats beschuldigt wurde. Die Menge wollte etwas zu sehen bekommen. Sie liebte es, wenn die zum Tode Verurteilten ihre letzten Worte sprachen und dabei Gefühle zeigten. Viele bekannten ihre Schuld und baten Gott um Gnade, aber am liebsten hatte man es, wenn

famous criminals who faced death fearlessly, with bravado. Jack Sheppard was hanged in a carnival atmosphere, with printed ballads about his life on sale. The thief Jack Rann died in 1774 wearing a pea-green suit that was specially made for the occasion. He made jokes with the hangman and spectators, and performed a little dance under the gallows. The last nobleman to be hanged in England, for murdering a servant, enjoyed privileges on his final day. He travelled to Tyburn in his own carriage and was hanged with a silk rope, wearing a white suit with silver embroidery that was made for his wedding day. It was not unknown for a royal pardon to be given at the very last minute, so optimistic criminals made long speeches. It is reported that the robber James Turner spoke for a full hour in 1663, before the officials decided that enough was enough.

Finally, the dramatic moment of death arrived. The ropes around the necks of the condemned were tied to Tyburn Tree. The carts moved away and left the criminals hanging. If they were lucky, their necks broke as they fell. More often it took them several minutes to die, and sympathisers pulled their legs to bring an end to the torture. Occasionally a merciful hangman jumped on to a dying man's shoulders. Guards were present to stop family and friends from cutting down the dying, in the hope of bringing them back to life. Sometimes there was a fight for possession of the body. The crowd saved the

bekannte Verbrecher dem Tod furchtlos und unerschrocken ins Auge sahen. Als Jack Sheppard gehängt wurde, herrschte Volksfeststimmung, und man konnte Flugblätter mit Balladen über sein Leben kaufen. Der Dieb Jack Rann trug bei seiner Hinrichtung 1774 einen erbsengrünen Anzug, den er sich für diesen Anlass hatte schneidern lassen. Er scherzte mit dem Henker und den Schaulustigen und vollführte unter dem Galgen einen kleinen Tanz. Der letzte Adlige, der in England wegen des Mordes an einem Diener gehängt wurde, genoss an seinem letzten Tag besondere Privilegien. Er fuhr in seiner eigenen Kutsche nach Tyburn und wurde an einem seidenen Strick gehängt. Er trug einen weißen, mit Silber bestickten Anzug, der für seine Hochzeit angefertigt worden war. Manchmal kam es vor, dass der König in letzter Minute eine Begnadigung aussprach, so dass optimistische Verbrecher lange Reden hielten. Es wird berichtet, dass der Räuber James Turner 1663 eine geschlagene Stunde lang sprach, bis die Obrigkeit entschied, genug sei genug.

Schließlich kam der dramatische Augenblick des Todes. Die Stricke um die Hälse der Verurteilten wurden am Tyburn Tree befestigt. Die Karren fuhren an und ließen die Verbrecher in der Luft baumeln. Wenn sie Glück hatten, brach ihr Genick im Fallen. Meistens dauerte es aber mehrere Minuten, bis sie tot waren, und barmherzige Menschen zogen an ihren Beinen, um der Qual ein Ende zu machen. Manchmal sprang ein mitleidiger Henker auf die Schultern des Sterbenden. Wachen standen bereit, um Angehörige und Freunde daran zu hindern, die Sterbenden vom Galgen zu schneiden in der Hoffnung, sie wiederzubeleben. Mitunter prügelten sich die Menschen um die Leiche. Die Menge rettete Jack Sheppards Leich-

body of Jack Sheppard from the dissectioners' men, and once took the body of a celebrated highwayman, a gallant and charming Frenchman named Claude Du Vall, to a tavern, where fashionable ladies paid homage to him.

In 1759 a moveable gallows replaced Tyburn Tree. In 1783 this gallows was taken to Newgate. Today three oak trees planted in 2014 mark the spot where Tyburn Tree stood. It is a traffic island at the crossing of Edgware Road and Bayswater Road. In the chapel of Tyburn Convent, about 200 metres to the west at 8 Hyde Park Place, nuns kneel in constant prayer in memory of the Roman Catholic martyrs who died at Tyburn.

nam vor den Männern der Leichensezierer, und einmal brachte sie die Leiche eines gefeierten Wegelagerers, des galanten und charmanten Franzosen Claude Du Vall, in ein Wirtshaus, wo Damen der Gesellschaft ihm die letzte Ehre erwiesen.

1759 ersetzte ein transportabler Galgen den Tyburn Tree. 1783 wurde dieser Galgen nach Newgate gebracht. Heute markieren drei Eichen, die 2014 gepflanzt wurden, die Stelle, wo einst der Tyburn Tree stand. Sie befinden sich auf einer Verkehrsinsel an der Kreuzung von Edgware und Bayswater Road. In der Kapelle des Klosters von Tyburn, etwa 200 Meter westlich, im Hyde Park Place Nummer 8, knien Nonnen im fortwährenden Gebet für die katholischen Märtyrer, die in Tyburn gestorben sind.

Criminals' Funerals

"A good send-off"

Many criminals enjoyed status symbols, for example fine clothes. The ultimate status symbol was an extravagant public end to life – on the way to the gallows in past times, or with a funeral that no one would ever forget in modern times. At the funeral of a celebrity, the criminal underworld showed solidarity and a liking for symbolism. The Great Train Robbers, for example, were given "a good send-off". When Buster Edwards died in 1994, the flowers were arranged in the shape of a train. A song by Phil Collins was played at the ceremony, because Collins took the role of Buster Edwards in a film about the robber's life. On its journey to the crematorium, Ronnie Biggs' coffin was followed by thirteen Hell's Angels on their bikes. When Bruce Reynolds died, his son, a musician and artist, wanted something more tasteful than the normal gangland funeral. He booked a beautiful, historic church in the City of London, St Bartholomew-the-Great. It was lit by candles and filled to the last seat. The "punk poet" John Cooper Clark read aloud his *Lines Upon the Death of Mr Bruce Reynolds,* and the church choir sang a work by the Baroque composer Henry Purcell with the meaningful title *Thou Knowest, Lord, the Secrets of Our Heart.*

At most underworld funerals it was more important to put on a big show than to be artistic, but

Verbrecherbestattungen

«Ein glanzvoller Abschied»

Viele Kriminelle hatten etwas für Statussymbole übrig, zum Beispiel schöne Kleidung. Das höchste Statussymbol war eine extravagante Darbietung am Ende ihres Lebens – in früherer Zeit auf dem Weg zum Galgen oder in neuerer Zeit bei einer Beerdigung, die allen unvergesslich blieb. Bei der Beisetzung einer Berühmtheit demonstrierte die Unterwelt Solidarität und eine Vorliebe für Symbole. Den Postzug-Räubern zum Beispiel wurde ein «glanzvoller Abschied» bereitet. Als Buster Edwards 1994 starb, wurden die Blumen in Form eines Zuges arrangiert. Bei der Feier wurde ein Lied von Phil Collins gespielt, denn in einem Film über das Leben des Räubers war Collins in der Rolle von Buster Edwards zu sehen. Dem Sarg von Ronnie Biggs folgten auf der Fahrt zum Krematorium dreizehn Hell's Angels auf ihren Motorrädern. Als Bruce Reynolds starb, wünschte sich sein Sohn, ein Musiker und Künstler, etwas Geschmackvolleres als die übliche Gangster-Beerdigung. Er reservierte eine schöne historische Kirche in der City of London, St. Bartholomew-the-Great. Sie war von Kerzen erleuchtet und bis auf den letzten Platz besetzt. Der «Punk-Dichter» John Cooper Clark trug seine «Verse zum Tod von Mr Bruce Reynolds» vor, und der Kirchenchor sang ein Werk des Barockkomponisten Henry Purcell mit dem vielsagenden Titel «Du kennst, O Herr, die Geheimnisse unseres Herzens».

Bei den meisten Unterwelt-Beerdigungen kam es mehr auf die große Schau an als auf Kunst, aber die Musik

the music was chosen carefully. For Shirley Pitts a trumpeter played Fred Astaire's movie song with the line "Heaven, I'm in heaven!" At the funeral of the cat burglar Peter Scott, the gospel *Steal Away* and *The Unwelcome Guest*, a song about a highwayman by Woody Guthrie, were chosen.

Unsurprisingly, the Kray twins got the most extravagant send-off. Frank Sinatra's recording of *My Way* – a standard song for criminal funerals – was played. Before Ronnie Kray died he asked for horses with black plumes on their heads to pull the coffin. His brother Reggie, still in prison, arrived in handcuffs, attached to a policewoman. She let him give sugar to the horses. There were too many limousines to count, a horde of old-looking delinquents wearing black suits and dark glasses, and a sea of flowers. Local florists said it was the most profitable day since the funeral of Winston Churchill. The police closed roads, hundreds of reporters came with their cameras and notebooks, and thousands of people watched the procession from the church to the cemetery. Five years later, the same send-off was given to Reggie Kray: six black horses pulled a carriage through the streets of the East End, passing the Kray family home. The flowers on the coffin spelled out the words: "Free at last".

wurde immer sorgfältig ausgewählt. Für Shirley Pitts spielte ein Trompeter Fred Astaires Filmsong mit den Worten « Heaven, I'm in heaven ! » (« Himmel, ich bin im Himmel ! ») Für die Beerdigung des Fassadenkletterers Peter Sott wurde der Gospelsong « Steal Away » gewählt und « The Unwelcome Guest », ein Lied über einen Wegelagerer von Woody Guthrie.

Es überrascht nicht, dass die Kray-Zwillinge den glanzvollsten Abschied erhielten. Eine Aufnahme von Frank Sinatras « My Way » wurde gespielt – ein Standardlied bei Gangster-Beerdigungen. Kurz vor seinem Tod bat Ronnie Kray darum, dass Pferde mit schwarzem Federschmuck seinen Sarg ziehen würden. Sein Bruder Reggie, der noch im Gefängnis saß, erschien in Handschellen, gefesselt an eine Polizistin. Sie erlaubte ihm, den Pferden Zucker zu geben. Es waren mehr Limousinen zu sehen, als man zählen konnte, eine Schar von gealterten Delinquenten in dunklen Anzügen mit Sonnenbrillen und ein Meer von Blumen. Lokale Blumenhändler sagten, sie hätten den größten Umsatz gemacht seit dem Begräbnis von Winston Churchill. Die Polizei sperrte Straßen ab, hunderte Reporter kamen mit ihren Kameras und Notizblöcken, und tausende beobachteten den Trauerzug von der Kirche zum Friedhof. Fünf Jahre später bekam Reggie Kray den gleichen Abschied: Sechs schwarze Pferde zogen den Leichenwagen durch die Straßen des East End, vorbei am Haus der Familie Kray. Die Blumen auf dem Sarg formten die Worte: « Endlich frei ».

Glossary · Glossar

Crime and Criminals	Verbrechen und Verbrecher
blackmail	Erpressung
burglar, burglary	Einbrecher(in), Einbruch
to commit a crime	ein Verbrechen begehen
disguise	Verkleidung
fraud	Schwindel, Betrug
highwayman	Wegelagerer, Straßenräuber
murder, murderer	Mord, Mörder(in)
pickpocket	Taschendieb(in)
poison	Gift
raid, to raid	Überfall, überfallen
robber, robbery	Räuber(in), Raub
rogue	Ganove
shoplifter	Ladendieb(in)
thief, theft	Dieb(in), Diebstahl
victim	Opfer
violence, violent	Gewalt(-tat), gewalttätig
villain	Schurke

Police and Investigations	Polizei und Untersuchungen
to admit	zugeben, gestehen
to arrest	verhaften, festnehmen
to betray	(jemanden) verraten
to capture	gefangen nehmen
to confess, confession	gestehen, Geständnis
handcuffs	Handschellen
reward	Belohnung
to solve a case	einen Fall aufklären, lösen
suspect, suspicious	verdächtige Person, verdächtig (auch: misstrauisch)
wanted, wanted person	(steckbrieflich) gesucht, der/die Gesuchte

Courts of Law and Trials	Gerichte und Prozesse
the accused	der/die Angeklagte
to condemn	verurteilen
evidence	Beweis(-material)
guilty	schuldig
innocent	unschuldig
judge	Richter(in)
lawyer	Jurist(in), Anwalt, Anwältin
to prove	beweisen
witness	Zeuge, Zeugin
sentence	Urteil

Punishment, Execution and Death	Strafe, Hinrichtung und Tod
to bury	begraben, beerdigen, beisetzen
coffin	Sarg
corpse	Leiche, Leichnam
fine	(Geld-)Strafe
funeral	Begräbnis, Beerdigung, Beisetzung
gallows	Galgen
inmate	(Gefängnis-)Insasse/Insassin
jailbreaker	Ausbrecher(in)
to pardon	begnadigen
prison sentence	Gefängnisurteil, Haftstrafe
to release	(aus dem Gefängnis) entlassen

Content · Inhalt